너무 빠른 질문

시작시인선 0197 너무 빠른 질문

1판 1쇄 펴낸날 2016년 4월 5일
지은이 권오영
펴낸이 이재무
책임편집 박찬세
디자인 이영은
펴낸곳 (주)천년의시작
등록번호 제301-2012-033호
등록일자 2006년 1월 10일
주소 (04618) 서울시 중구 동호로27길 30, 413호(묵정동, 대학문화원)
전화 02-723-8668
팩스 02-723-8630
홈페이지 www.poempoem.com
이메일 poemsijak@hanmail.net

ⓒ권오영, 2016, printed in Seoul, Korea

ISBN 978-89-6021-263-3 04810
      978-89-6021-069-1 04810(세트)

값 9,000원

너무 빠른 질문

권오영

천년의 시작

시인의 말

처음이야.
느린 계절을 읽다가
잠들었다.
덜컹거리는 잠의 문은 자주 흔들리고
나는 그 바람을 이겨내지 못했다.
똑같은 꿈속에서
너무 많은 처음을 지운다.
계절을 지운다.
바다, 바람, 모래, 나를 지우고 나니
내가 남았다.
봄이다.

2016년 4월 권오영

차례

시인의 말

제1부

고요라는 이명

바닥에 부딪히고 깨졌다 비가 왔다 온다 밀도 있게 움직이는 물방울들 속속 바닥으로 사라진다 바람은 이리저리 뛴다 수직으로 떨어진 해가 비명을 지른 지 오래다 나무들이 비를 불러들여 바람을 잠재우려 한다 잠들지 않으려 온 힘으로 파득거리는 새들 날개 젖지 않는다 목련이 겁도 없이 무궁화나무에 투신한다 너무 많은 비명이 민요로 불린다 불연속으로 추락하는 꽃가루 뽀얀 계절을 불러 모은다

한동안 고요라는 이명이 들린다

마블링

나는 기름이다 아니다 물이다 아니다 종이다

찰박찰박 어머니의 양수 속 늙은 아기
참으로 긴 꿈속에서 나는 빨리 자랐다
힘껏 빨아들인 어머니가 내 속에서 자라기 시작한 오월,
피고 지는 꽃밭

나는 정원도 아니고 울타리도 아니다
뿌리박고 서 있는 나무라고 말하고 싶지만 그림자에는
뿌리가 없다

그러니까 나는 나무가 아니다 꽃이 아니다 이파리가 아니다

나는 오랫동안 고여 있었으며
백 마리의 오리가 차가운 세계를 흔들어놓도록 내버려
두었고
꽃잎들 수북수북 썩도록 내버려두었으며 아주 드물게
눈 내리면 바닥이 갈라져 드러나도록 물고기들 날뛰게
했다

사흘 밤낮 비 내리면
출렁이는 나는 끔찍하게 소녀를 익사시키는 동안
흔들림 없이 평정을 이루고 침묵하는 법을 스스로 익혔으니
내 밑바닥까지 들여다보고 있는 나는 검은 연못

어둠의 정신이 또렷하다
너무 오랫동안 보아온 얼굴과 연못 속 얼굴이 분리된다
나를 빨아들인 나는 단정함 조용함 은밀함 서늘함
삼켜버리는 단아함

친절한 꿈속, 나는 온다

식탁의 형식

어둠을 붙들고 있는 식탁은
의자들과 기울거나 무너지는 법을 익혔다

햇살을 기다리지 않는 먼지 낀 식탁
화병의 해바라기 시들고 씨앗들 떨어진다
다시 장대비 쏟아진다

비의 얼룩만 남는 장마 계속되고
어디선가 날아드는 밥그릇

오줌 지린 엄마는 아직도 식사 중

밥이 떠오르자 무서운 얼굴이 떠오른다
얼굴이 사라지자 울음 깨지는 소리 들린다

어쩌자고 밥상은 돌고 도는지
쑥쑥 자라서 무성한지
비는 어쩌자고 우는 엄마를 불러내는지

기억나거든 기억하지 말라는 짐승 같은 소리 그득하다

엄마의 붉은 뺨에 갖다댄 내 뺨 사이
보아선 안 될 계절
더 이상 반짝이지 않는 별들은 말이 없다

목구멍 틀어막는 혀 위에서
아직 남아 있는 밥알들 돌고

왜 나는 죽은 듯이 자는 척해야 했는지
자면서도 죽은 척해야 했는지
얼마나 실컷 잠을 자야 꿈이 나를 흔들어 깨울지

잠의 그늘에 뿌리내린 울음 싱싱하다

비 오는데, 타조

장화 신은 그가 사료를 쏟아붓는다
타조가 먹기도 전,
빗줄기가 씻어낸 통들 깨끗하다

철조망 속 타조 기진맥진이다
주둥이를 젖은 날개 안에 묻고 눈만 껌벅인다
긴 속눈썹 위로 빗방울 떨어진다

타조의 목에 올가미를 건 사내
타조는 순순히 등 내준다
우리 속을 걷는 해질녘 행진
비 오는데 타조, 철벅철벅 발자국 찍는다
걸을 때마다 지워지는 길

목구멍까지 차오르게 쏟아붓는 먹이
날마다 길어진 모가지가 기웃거린다
지워진 길 다시 지우는 느린 보폭
어두워져서야 멈춘다

흠뻑 젖은 타조

전과 같이 비는 오는데, 타조
세찬 빗줄기 흙바닥과 먹이통으로 꽂히는데, 타조
눈만 껌벅일 뿐 움직임이 없다

뢴트겐의 정원

부서지고 금 간 곳을 들여다보며
또 다른 세계를 발견했다
살과 뼈, 그 사이로 여전히 흐르는 피는
X선 사진 속에서 어둡다
어둠 속에서 뼈의 줄기들이 빛난다
빛나는 것들이 환하게 길을 열어 보인다
부러진 뼈마디, 철심 박힌 척추,
피맺힌 갈비뼈에서 자라는 꽃들
시속 백사십 킬로의 자동차에서 튕겨져 나온
몸의 흔적은 무성했다
살점이 뚝뚝 떨어질 것 같은 잎사귀들
진흙 속을 헤집고 나온 푸른 꽃들
살갗을 뚫고 날아갈 것만 같은 은빛 나비들
잠에서 깨어나는 애벌레들, 눈이 부시게
오랫동안 몸속에 불이 켜져 있다
부러진 뼈마디에 뿌린 씨앗들이 꽃을 피운다
살아 있는 시체의 얼굴을 한
핏빛 냄새를 풍기는 붉은 정원
형광 불빛 아래서 살아나는 낮은 신음들을
하나씩 벽에 건다

벽에 걸린 채 살아나는 신음들을 만지며

달아난 세계를 본다

안데르센 나의 안데르센

그림 없는 그림책

세상에서 가장 큰 새 살고 있지. 종횡무진 비행을 꿈꾸며 알 낳고 있지. 황금 알 속에서 속성으로 자란 것들이 움직이고 있어. 달리고 있어. 하나의 꼬투리에서 튀어나온 다섯 개의 콩알처럼 여물지도 않은 내가 튀어 다녀. 오늘 화서에서 금정, 금정에서 혜화, 다시 화서역으로 오기까지 전철 문을 열두 번 통과했어. 자동적으로 가고 오는 동안 음악처럼 흘러 다녔어. 요술지팡이를, 깜빡 떴다 감는 인형 눈동자 같은 손전등을 팔고 사라졌어.

미운 오리 새끼

역마다 낯선 길 떠나는 열두 명의 나, 일 년 열두 달 수천 번 전철 속에서 태어나지. 불 켜놓은 상자 속에서 자라고 죽지. 숲 속처럼 고요한 그 속에서 잠들고 말지. 모래언덕에서 미끄러지는 백조 엄마. 언덕에 버티고 서서 엄마를 굴려대는 오리 꿈을 꾸는 동안 백팔십 번 겨울이 왔어. 혜화역 2번 출구로 들어가는 동안 백팔 번의 봄이 갔어. 지하와 지상 사이를 들락거리는 동안 들켜버린 나 좀 봐. 두꺼

운 책 펼쳐 들고 졸고 있는, 관을 뚫고 날아오르는 새끼 벌
들처럼 자동으로 열리고 닫히는 잠의 문.

엄지 공주

  안데르센은 꿈을 건설하지. 신이 나. 신나는 나라야. 독
화살보다 빠르게 독사과보다 달콤하게 둥글둥글한 일곱 난
쟁이보다 더 작은, 엄지만큼 작은 왕자와 공주가 되어 작은
제국을 꿈꾸지. 매일 손톱만큼 작아져. 작아진 것들은 잠
속으로 숨어들지. 꿈은 늘 그런 식으로 파고들곤 해. 다리
와 목소리를 맞바꿔 거래를 튼 마녀와 인어 사이에 물의 나
라를 건설하는 그런 꿈. 고리대금으로 빌린 꿈을 찰랑찰랑
고리에 고리로 되돌려주는 지독한 꿈.

꿈의 궁전

  밤마다 보도를 횡단해. 열두 개의 가판대가 끝나도록 걷
다 보면 대낮처럼 간판들이 환하지. 아라비안나이트와 꿈
의 궁전, 신데렐라와 백설공주, 헨젤과 그레텔. 간판 속 작
은 그림들이 불빛을 뚫고 나와 씽씽 날아다니는 것 좀 봐.

23

엘리베이터 안까지 따라오네. 벽은 온통 거울. 쇼핑 봉지를 손가락마다 걸고 하품하고 있는 여자. 총천연색의 내가 줄 서 있어. 25시마트 쇼핑을 요리와 세탁과 청소를 자동적으로 끝냈어. 잠들고 깨는 동안에도 홈쇼핑은 계속되지. 졸음 속에서도 네비게이션은 자동으로 길을 열어주지. 잠의 꿀맛.

과자로 만든 집

다디단 독 품고 수만 개 입과 귀와 눈을 깜빡이며 잠을 찍어 먹고 있어. 꿈속 과자로 만든 집에 털썩 주저앉아 어금니 상하도록 과자 지붕을 뜯어 먹고 있어. 되돌아갈 길도 사라지고 내가 버린 젊은 엄마도 사라지고 펄펄 끓는 가마솥 뚜껑을 열었다 닫기 여러 번. 그러다 보면 어느새 하얀 노파가 되어 앉아 있는 새벽.

고물 집하장

도시 한 귀퉁이에
쌓기 시작한 녹슨 성

  언젠가부터 그가 쇠를 나르기 시작했다 부러지거나 구부
러진, 조각났거나 잘린 쇠들은 문이 되고 벽이 되었다 그
는 성주다 바퀴살로 얽어맨 정원 뿌리 깊은 철근나무 자동
차 문짝으로 꾸며진 방 문짝에 걸린 사진 아내가 사진 속에
서 걸어 나오도록 그는 긴 시간을 성 안에서 지낸다 지문도
다 지워진 손으로 모아다 쌓기 시작한 쇠들이 제 키보다 높
이 올라갔다 눌리고 납작해지는 덩어리들 체인과 자전거 바
퀴살 냉장고와 텔레비전 압력밥솥과 냄비들이 서로 엉킨 채
납작하게 쌓여가는 단단한 성 꼭대기에 서서 3층 24시찜질
방 붉은 창문을 바라본다 잠깐씩 그가 환해진다

  주워온 양은솥 올려놓고 그가 밥을 먹는다
  구부러진 숟가락과 그림이 다른 젓가락이
  오랫동안 달그락거린다

틱

그림자도 없이 나타난 내 속의 내가 나를 흔들어댄다

무엇에 찔린 듯 눈동자가 위태롭다

나도 모르는 내게 쥐어진 야생의 힘이 허공을 비튼다

끽끽, 닭 모가지가 비틀어질 때 나던 소리가 내 목에서
도 난다

왜 이러지, 도대체 왜 이러는 거야,

난 인형이 아니야, 왜 머리채를 잡아 흔드는 거지?

앞뒤로 덜그럭 끽, 뒤 앞 뒤 앞 덜그럭 끽, 진땀 나

도대체 너는 누구지? 문득 나타났다 사라지는 너는

어디에 숨어 살고 있는 거지? 감쪽같이 나를 밖에 내놓고

살아보라고, 살아보라고 죽도록 들러붙어 나를

십 분 십오 분 심장을 꾹꾹 찔러 온몸이 뒤틀리도록 흔들어대는 너는

또 무얼 숨긴 거지? 나를 꼼짝 못하게 묶어놓고 혀를 잡아 빼는

네 손이 숨긴 게 뭐지? 진땀 나게 어찌할 수 없게 혀를 뚫고

고리를 끼우는 너를 없애버리겠어, 사라져,

살고 있는 너를 떠났으면 해 너는 멋진 고양이야 쥐새끼야 올빼미야

악어야 악어새야 그러니까 네 늪으로, 굴속으로, 숲으로 돌아가 제발

오리

내 눈은 애꾸였다

꿈속에서 거울을 들여다보는데
왼쪽 눈이 흰자위도 없이 까맸다
오리 눈이었다
그 구멍을 비벼댔다
아프지 않았다 문질러보았다
구멍 속에서 누군가 낚아챘다
손목을 비틀고 목을
머리채를 감아쥔 채 들어갔다
순식간에 눈알까지도 빨려들었다
모르겠다
그곳에 누가 숨어 살고 있는지
그곳이 어디인지
비명을 지를 수 없었다

새벽 저수지
수면은 튼튼한 이빨과 심장을 가지고 있다
속이 보이지 않는 수면 위로 하늘이 주저앉고 있다
머뭇거림도 없이 갈라서는 것들

실처럼 풀어져 있는 전깃줄
그 위로 달려가는 자동차
어느 곳에 있다가 나왔는지 오리들
그것들 허겁지겁 쪼아 먹고 있다

너무 빠른 질문

한마디 말을 밀어 넣고 너를 반죽한다
질기게 늘어나면서 너는 긴 문장이 된다
너무 빠른 질문, 나는 네게 어떤 존재?
너무 느린 대답, 너는 내게 어떤 존재. 그러면 너는
밑도 끝도 없이 포옹으로 다가선다

어딘가에서 온 그가 반죽을 주무른다
그의 손안에서 나는 옮겨졌다
나는 여러 곳에 있어야 했다
침묵 속에서 한숨 속에서 그의 말과 잠 속에서
변경된 주소 아래 살도록 허락받았다
빵의 나라 빵의 동네 빵의 집 빵의 이름
나를 꺼내가는 그가 나를 굽기 시작했다

살갗 위로 녹아 흐르는 설탕들
구워지며 익어가는 나는 뜯어 먹기 좋은 빵
한 겹씩 벗겨내던 밤의 그가
아침의 나를 꺼내놓고 반죽을 시작한다
질기게 늘어나는 나는 반죽
뒤죽박죽 꼬여 다시 긴 문장이 된다

너무 느린 질문, 너는 내게 어떤 존재?
너무 빠른 대답, 나는 네게 어떤 존재. 그러면 나는
겹겹의 이불로 포개져 밤의 얼굴로 눕는다
밀담을 나누는 밀사들처럼 오랫동안 수군대는 방

숨 막히게 나는 어둠 속으로
걸어 들어가는 법을 익히기 시작했다
해가 걷기 시작했고 그 뒤를 달이 걷기 시작했다
누렇게 뜬 낯빛으로 모여 사는 황인종들의 영토,
그 문장 속을 걸을 때마다
내 뒤에서 나는 잠깐씩 환해진다

개미귀신

시간이 그렇게 지난 게 분명해

밥이나 빵을 씹어 넘겨야 하는 건
너무 번거로운 일이야 허기져

늘 시간은 너무 빨리 가, 하품을 하며
간식 먹을 생각에 기쁜 표정을 지을 거야

돌아서자마자 둥근 등 안고 가는 일용할 무덤들

굳이 아침이 아니어도 점심은 온다
굳이 점심이 아니어도 저녁은 온다
굳이 저녁이 아니어도 밤은 온다

어쩌다 발 헛디딘 무리들
모래 속으로 미끄러진다

아무런 수고 없이
지금도 입 놀리고 있는데
우연을 기다리는 일 참으로 목마른 날

천 년을 견딜 것처럼 성만 쌓는 모래
늘 처음처럼 부드러운 모래
살고 있는 모래 몸집 커져가며 기다리는 모래

시간을 녹여 먹는 입에 침이 고인다

중첩

부술 듯이 문고리를 흔들어대다가 사라지는
맨발의 바람 소리 듣고 있었네

꿈에서 꺼낸 죽은 나를 보고 있던 중인데
지붕도 창문도 계단도 보이지 않고
한동안 정전으로 캄캄했어, 그때부터야

내용이 담기지 않은 흰 접시가 얼굴로
커다란 구멍이 입으로 보이는 순간, 가까이
문 닫히는 소리 집중할수록 어둠이 선명했네

어둠 속으로 숨자 벽들은 수군대기 시작했지
갈라지기 시작한 틈 사이로 뻗어 나오는 질긴 소리들이
수백 개 똑같은 상자 속으로 뿌리를 박기 시작한 거야

언 강 건너다 얼음이 되어버린 숨 끊어진 밤
느린 여름이 잠을 들춰내고 꿈을 도려내고
남김없이 끄집어내는 동안에도 계속되는 꿈

자전거를 타고 구름 위 오르는 여기,

주술에 걸려 흔들리는 모닝콜 울리자
혼곤한 꿈 무너지는 지금,

결국 나는 들키고 말 거야

나를 가둬두고 못질을 했지
상자 표면에 써놓은 글씨가 기억나

　용량 : 1.5kg, 내용물 : 뇌, 용도 : 전시용

빨간 유성펜으로 써놓은 글씨들 중
빠진 게 있어 내 이름

스파티필룸[*]

내일도 모레도 스파티필룸이라는 이름일 뿐

벤젠이 아세톤이 포름알데히드가
화학성과 휘발성과 인간성이 활활 풍기는
화장실 옆 언제나 그 자리

화상을 입은 얼굴처럼
드문드문 색이 변한 자국들이 선명한 채
돌돌 말린 이파리들

내가 아니야, 그건 내가 아니야
거울을 들여다보고 웅성대고 있어

왜 그런 이름을 얻었는지 모를 일이지만
주먹을 꽉 쥐었다 펴는 것처럼 푸른 이파리들
하루 이틀 사흘 나흘 위로 오르며 풀어지고 있어

감겼던 필름들이 수천 장씩 나를 인화하고 있어

눅눅한 달빛을 덮고

오래도록 누워서 보던 풍경,
잘 떠오르지 않는 지난여름

해일에 잠겨버린
죽은 동창 애의 젖은 사진을 말리며
그 속에 들어 있던 나를 자주 꺼내보곤 하는데

침 묻힌 실을 바늘에 꿰듯 딸려 나오는 나를
내가 꿰매보곤 하는데, 아무렇지도 않아

구겨진 사진을 다리미로 펼 때마다
기억들을 자주 불러들이곤 해
무엇이 그랬을까, 꿰맨 자국들로 선명해

가렵기 시작했어

고름 든 지 오래라는 거 알고 있지
나는 벌써 그곳으로 손이 가

● 스파티필룸은 내음성이 강해 그늘진 곳에 두어도 잘 자란다.

나비공황

귓속 계단을 따라 내려가다 보면
최면에 걸린 소리들

자, 이제 눈 뜰 시간이야 눈동자이거나 입술
혈관이거나 가슴 어디어도 좋아
마지막으로 본 아니 처음 아니 중간일 거야

전철이 들어올 무렵, 역 안에서 머뭇거릴 무렵일까
가슴을 열어 보여주고 싶은 것들 말이 되어 나오지 않
는다

기대를 저버리는 당신

에스컬레이터 사이에서 놓쳐버린 얼굴
힐끗 쳐다보던 당신은 처음처럼 낯설다

저를 아시죠? 말하려는 순간
전속력으로 운반된 내 몸에서 풍기는 비린내
여기는 어디?
이정표 사라진 순간 캄캄해라

더듬더듬 잡히지 않는 스위치 흐르는 땀 축축한 공기
눈꺼풀 속에서 맴도는 하루살이 떼
살 속을 파고드는 지네 떼
옴짝달싹 못 하는 밤이 오래도록 죽음의 냄새를 풍긴다

한순간이 지나가는 동안이라고 말하고 싶은 날 많아질 때
너무 많은 당신

현기증 나는 전철역 난간, 같이 흔들리는 물컹한 덩어리

우는 아기를 본다
나비들 나는 걸 본다

주머니 속에 말이

젖은 손바닥을 언제 떼어낼지
두 다리 사이로 얼굴을 묻은 사내

일요일 눈동자에서 첨벙대는 셋째 아이가
월요일 둘째에게 명작 동화를
화요일 둘째가 수요일 첫째에게 요구르트를 건네자
빨대를 꽂는 입들

조각조각 이음새가 보이는 요일들이
입에서 입으로 구전되고
아직 남아 있는 요일들은
손금 속에서 견딜 만하다고

그가 그것 하나씩 꺼내 울음의 종류와 성격
간혹 기원에 대해 기록해왔다는 걸 내보인다

주머니가 일곱인
커다란 가방을 펼쳐
자신만이 발견했던
기록에 없는 요일은

주머니 어딘가에 담아 보관 중이라고 덧붙인다

요일이라는 말은 얼마나 무거운 물인가
가방이라는 말은 얼마나 지루한 달력인가
긴 문장은 왜 목요일로 끝나지 않는가에 대해
말하는 어깨가 끊임없이 흔들린다

요일의 목록은 이런 식으로 반복된다

눈물로 젖어드는 얼굴을 점지하고
표정을 뜯어내 붙이는 일에 몰두할 때쯤
너무 오래 묶어두었다던 요일의 목록을 꺼낸다

말은 없고 발자국만 남은
요일을 한 장 뜯어내 흔든다

전진도 후퇴도 없는 요일이 한동안 펄럭인다

제2부

낭새*

가시 달린 나무들 우거진 숲, 파도가 조금씩 파헤쳐놓은 벼랑. 깃털 없는 새들, 꺅꺅 울어댄다. 해독할 수 없는 울음들. 치마를 꿰매고 앉아 있는 노파처럼 모래 위 뚜렷한 발자국을 바다가 지운다. 발자국이 새로워진다. 차이가 한결같은 해안선과 섬 사이, 급류에 맞서 바다의 근육이 단단해진다. 부딪히며 깊어지는 바위들. 가파르게 자신의 깊이를 재고 있다. 벼랑을 이룬 바위틈. 자갈처럼 박혀 있는 새 알들, 비칠비칠 기어 나오는 새끼 새들. 낭떠러지 두려운 새가슴들, 퐁퐁 바다로 떨어진다. 썰물이 그것들 실어 나른다. 새집 속 알껍데기에서 묻혀 온 푸른 울음. 늙은 새, 섬으로 들어가 숲 전체를 품는다. 가시 덮인 덤불숲 울음소리 익어간다. 독버섯과 가시나무들 사이 왕복한다. 봄이 다시 지나간다. 여기, 가시나무 열매들 바닥을 누볐다. 지금 어미에겐 그 어떤 숲의 지점도 중심이다. 스스로 벼랑이 되는 법을 익힌 새. 운다. 바다가 샅샅이 섬을 뒤지며 들어온다.

누가 더 오래 기억하나
이 많은 가시, 이름, 낡은 악기처럼 깃털 없는 새 울음들

● 바다직박구리를 충남 태안 지역에선 '낭새'라고 부른다.

드라이아이스

보도블록 위

누워 있는 중년 사내를 밟을 뻔했다

밤새 저렇게 누워 있었을 것이다

만들다 만 레고처럼

자동차가 그 옆엔 빌딩이 빌딩 사이엔 작은 길이

길 위에는 세웠다가

쓰러진 레고처럼

그가 누워 있다

밤새 돌고 있던 공기는

알알이 뭉쳐

벌어진 입속으로

벌어진 셔츠 사이로 마침내는

검은 구두 속으로

말이 되어 흘러 다니다 얼어 있다

그의 구두 뒤축을 보면 안다

오랫동안 발이 아프도록 눌러댄

제 말의 무게가

주저앉게 만들고, 무릎 꿇게 만들고, 얼게 만들고

닳아빠진 구두 뒤축도 얼어

깨부수지 않으면 안 될 만큼 얼어

얼음으로 불붙고 있다
벌어진 입을 보면 알 수 있다
연기처럼 풀풀 새어 나오는 그 속
꺼지지 않은 채 남아 있는
얼음의 말들

마트로시카

할머니가 할머니에게 그 할머니가 다시 또 할머니를
내가 오려져 나오기까지 할머니들은 할머니들만 낳았다
는데

시들지 않는 어린 할머니 속에 할머니가
나와 똑같은 얼굴로
들어앉아 있었다는데
긴 수태 기간을 거쳐
또 나는 할머니를 낳고 말았다

(아기 얼굴에 어서 빨리 할머니 가면을 씌워줘)

내가 덮어쓴 할머니, 나를 덮어쓴 어머니가
가위를 들고 와 아기에게 씌워줄
얼굴을 오리고 있다
막 태어난 늙은 아기는 할머니를 따라서
내 얼굴을 오려대고 있다

할머니와 할머니 사이에 똑같은 얼굴로 끼워진
할머니 속에 할머니가 본떠놓는 제본들

눈을 동그랗게 뜨고 죽은 채로 늙은 나무들
가지런한 내 손 내 무릎 내 이마가 똑같이 쭈글쭈글
새겨 넣은 주름이 선명하다

인형들 속에 인형들 속에 인형들
나를 꺼내 보이는 할머니들이
그녀들이 살아온 내력을
내 배꼽에 꾹꾹 새겨 넣고 있다

(아기 잇몸에 어서 빨리 틀니를 끼워줘)

늙은 아기가 틀니를 딱딱거리며 뱉어내는 울음들
울음을 벗겨내면
또 다른 울음들이 칭얼대며 파고드는 늙은 뿌리들
내 얼굴을 칭칭 감은 채
그녀들은 썩지 않은 채 매일 잠 속으로 들어오는 것이다

다리

꿈속을 걸어 나오면 언제나 춥다

꺼져가는 연탄난로에 들어앉아
뜨개질을 하고 있었네
색깔과 모양이 다른
털옷을 여러 벌 짰는데도
실뭉치는 줄어들지 않았네
눈사람처럼 점점 커지는
실뭉치 속에 갇히고 말았네
내게 맞는 털옷을 떠야지,
뜨개질을 하는 손놀림이 빨라졌네
그럴수록 뜨개바늘을 놓치는 일이 많았는데
코 빠진 옷이면 어때,
중얼거리는 순간
누군가 미열이 있는
잠을 벗겨내려 하네
맨발로 오래도록 건넜는데
털옷을 입혀야 하는데

놓쳤던 뜨개바늘을 다시 찾을 수 있을까

낮도 아니고
밤도 아닌
그런 시간 자주
다리 위를 건너곤 했는데,
씽씽 굴러가는 바퀴들 사이
노란 중앙선에 핀
코스모스처럼 잠은 늘 위태롭다네
그런 식으로
잠의 안쪽은 많은 걸 보여주었네
마술사의 손에서
순간 피어나는 장미들처럼
수백만 송이 계집애들을
또 보고 말았네
털옷 속에서
한 다발씩 피어나는 계집애들
그 속에 뜨다 만 털옷 입은 애가
웅크리고 앉아 있네
나는 그 애를 아는데
그 애는 내게 추운 잠을 끌어다가

자꾸 덮어주려 하네
그럴수록 숨 막혀
누군가 잠을 벗겨내주길 바라는데
실오라기를, 내게 붙잡아 매
털옷을 마저 떠 입혀야 하는데
놓친 뜨개바늘 찾을 수 없네

내가 나와 하는 일은 언제나 이렇게 다르지

변방

사과나무

아스팔트 위에
사과나무 심어
그 열매 따 먹으라구?
허덕허덕 숨 쉬며
냄새 풍겨가며
따 먹으라구?

동쪽에서 해 지고
서쪽에서 해 뜨는 변방에
뿌리내리라구?

태엽을 감아
거꾸로 돌려대는,
망각의 묵직한 외투를 걸치고 돌아와
쭈글쭈글한 업적을 내 살에 새기는

바람아

대못을 박아놓고는
내 관 뚜껑을 밤마다
열어놓고는
나를 꺼내놓고는

가지를 뻗으라구?

염습사

땀
속삭임

간헐적 한숨

이쪽에서
저쪽으로
포개지는 다리

첫날밤의 방

구름, 구름, 구름

빙판길을 바로 서려는 여자들
미끄러지지 않고 바로 서려는
구두들

쓰러졌던 바로 그 자리
미끄러져 본 그때 그 자리를
다시 걸어야만 되는 길의 모퉁이들

그랬을 거야, 아마
겨울새가 되어 날고 싶다던가
인형이 되어
누군가 나를 붙잡아주기를
간절히 원했을지도 모를 일이야

어떻게든 그 길바닥에서 배운 것으로는
미끄러지지 않는 일
뒤꿈치에 힘을 주고 최대한으로
바로 걷는 일

유츠프라카치아*

천 마리의 들개가 짖는다
은빛 가발을 쓴 달이 빗속에 숨어 말한다
너 또한 내겐 가시다

한 다발의 이별이 있던 날
결이 조밀한 잎맥들
완강하게 팔짱을 끼고 있는 팔을
풀지도 않은 채 빛과 공기
바람과 구름으로 빚어놓은 넝쿨 집에서
오래 잠든 그녀를 보며 잠들고 말았지

잠의 응접실에서 슬픈 입은
어두운 노래를 부르는데 낭하, 까마득히 아래로만 떨어
지는
목소리와 이름들의 맹세로 가득 찬
문을 두드렸지 잠의 문, 그 속에서도 너는 가시

길고 질긴 밧줄로 발목을 칭칭
얼마나 오래 묶어야 끊어지는 걸까
아픔도 없이 자꾸 잘려나가는

내용이 다른 장면이 끝없이 되풀이되는 꿈

발목이 잘린 한 묶음의 어둠으로 나는 꽂혀 있다

오래된 보석들이 그을린 채
돌처럼 버려진 것처럼
마른 꽃으로 버려지던 날을 기억한다

화장을 한 얼굴
나이를 알 수 없는 짙은 화장으로
분장한 것 같은 얼굴

알아낼 수 있는 것은 아무것도 없다는 것을
알게 된 순간부터
꽃잎 하나씩 떨어지고 있다

● 아프리카 밀림 속에서 극소량의 물과 햇빛으로만 살아가는 꽃이다.
이 꽃은 누군가 손을 대면 시들어버리는데, 한 번 만진 사람이 계속
만져주면 다시 살아난다고 한다.

먼지잼*

보이지 않는 비 온다
종일 널려 있던 이불
무겁다
가슴이 축축하다
등이 바닥에서 떨어지지 않는
단 5분이 무겁다
냉장고 문 열고
비타500을 내 몸에 흐를 流를 몸이
가벼워지는 시간 17茶를 마시는
50분이 무겁다
낙타 무늬 이불이 눕는다
천근 눈꺼풀 더운 이마
바람처럼 보이지 않는데
먼지비 날린다
출렁이는 등 무겁다
오늘은 말일
귀한 편지처럼 쌓아둔 고지서 개봉되는 60초
흘러가는 벽
길이와 간격이 둥근 법 없이
귀퉁이 날선 네모난 이불 네모난 잠

네모난 바닥 멈추는 법 없이
작동되는 네모난 숨소리 네모난 공기
딱딱 귀를 맞춘 가지런한 단 하루
질서정연한 6월 30일 새벽 2시
방 안 가득 보이지 않는 비 온다

• 바람 속 먼지나 날리지 않을 정도로 내리는 비.

달

이 편지를 전달받는 사람은
지구별에 사는 사람이다

아직 십이월이고, 보일러는 계속 돈다
유리 속 밖을 내다보는 새처럼 언 달, 보일러가 돈다
이곳은 어두운 집 네모난 방 네모난 책장 네모난 화분
어디서 날아 들어왔을까 솜털 같은 풀씨
밥상 위로 신문지 위로 지금 읽고 있는 우울과 몽상 위로

지구별에 편지를 전해달라고 설득해본다 그 위로 사뿐
사뿐

세찬 바람 속에서 그래, 나는 이파리야 꽝꽝 언 유리야 대
접 속에서 얼어버린 얼음이야 누르기만 하면 펴지는 양산이
야 추적추적 비에 젖는 한계령 고개 훌렁훌렁 타 넘는 백년
묵은 은여우야 네가 내 이름을 불러보기도 전에 다 잊었구
나 나는 네 손 꽉 쥐었다 펴면 부푸는 스펀지 공이야 늘 그
자리 돌고 있는 구름이야 구름 속 달이야 안심해 이제 너 아
는 사람 아무도 없어

팽팽팽 압력솥 추 돈다

한눈팔다 뜨거운 김에 덴다 손가락에 들러붙은 얼룩

왼손이 오른손 감싸쥔다

불 담은 자리 활활 거품꽃 핀다

피고 지는 불씨 얼마나 오래 묻어두어야 하나

생매장된 오리 떼같이 둥둥 느린 겨울

조류원

소리를 흉내 내는 새들이 많다
철조망이 튼튼한 조류원
털옷 입은 여자애가 철조망 밖에서 운다
휘파람 소리 같기도 하고
피리 소리 같기도 한 울음

모든 걸 놓치지 않고 들어야 할 것처럼
새와 아이의 울음을 노래로 듣고 있는 여자가
손가락으로 울음들을 하나씩 꺼낸다

조그만 입술에서 줄줄 흐르는,
여자가 가르쳐준 노래들

울어봐 애야 뱃속에서도 잘 울었던 아가야
붉은 잠을 잘 자던 빨간 애야
이제 뭐가 뭔지 모르겠니 가르쳐줬잖니 푸르게 울어 울
어봐
그게 네 노래야

여자가 아이를 흔들어댄다

흔들어도 날아가지 않는 새처럼 아이는 입술만 달싹거
린다

입술 없는 새들이 딱딱 울어댄다
나무와 나무 철조망과 철조망 그림자와 그림자 사이에서
아이가 점점 크게 노래한다

울음은 그칠 것 같지 않다

칼새는 오렌지로 불리지 않는다

껍질이 벗겨진 네 조각의 오렌지
탱글탱글한 과립들이 이빨 사이에서 톡톡 터진다

강물처럼 바람처럼 말끝을 이어가는 말놀이처럼
너와 너 너와 나 나와 나 우리와 우리 2 곱하기 2는 4
쇼 곱하기 쇼는 쇼를 하라, 무엇이든 증식하는 오늘 밤

하룻밤에 먹어치운 말들

2만 마리 곤충을 삼킨 칼새 배 속에서
자라는 말의 씨앗들
누구도 칼새를 공룡이라 부르지 않고
불빛 속으로 파고드는 나방이라 부르지 않으며
품속으로 뛰어드는 고양이라 부르지 않는다

나이트클럽에 모인 여러분을 여러분이라고 말한다
둥글게둥글게 오래오래 지구를 도는 동안
여러분의 품속으로 이동하며 기록된 거리의 단위를 재
본다

지상의 모든 말들이 먹은 나이

그래 너로구나 지금 나를 비웃고 있구나라고 말하는 너
와 너

달리 뭐라고 말할 수 없을 때 부르는 이름들은 그냥 그
런 이름들

백팔만 킬로미터 삼백육십만 사백만 사백오십만

밤이 새벽과 멋지게

여러분이 여러분과 멋지게 오렌지는 오렌지

너와 너가 나와 나가 여기에서 웃고 떠드는

정지된 날개가 밤의 공기 속으로 상하좌우 움직이는

지구의 반 바퀴 백 번이나 돌 수 있는

꿈꾸는 동안에도 날아다니는 칼새들

팥떡 먹는 여자

죽은 뱀처럼 레일이 늘어져 있다

가파른 계단을
넘어질 듯 여자가 뛰어내려온다
검은 비닐봉지와 쇼핑백을
손가락 사이사이에 끼운 채 뼈만 앙상한
그녀가 플라스틱 의자에 털썩 앉는다

한쪽 눈은 하얗고
한쪽 눈은 까맣다

전철이 지나간 자리와
전철이 설 자리에서 그녀가 두리번거린다
턱뼈가 드러나도록
당겨진 얼굴이 팽팽하다

고무줄로 다부지게 묶은 머리
힘줄이 구불구불 드러난 손

검지에 끼워져 있던 봉지에서

급히 팥떡을 꺼내더니 뜯어 먹기 시작한다
뭉개진 팥알들이 얼룩처럼 묻은
팥떡을 씹고 또 씹고

그녀의 턱이 움직일 때마다
팥떡 먹는 소리
들어오는 전철 바퀴 소리보다 크다

전철 문이 닫히고
한 손으로 손잡이를
한 손으로 봉지들을 단단히 움켜쥔다

쏟아져 들어오는 사람들 사이 오래도록
그녀가 흔들린다

명품수리소

찢어진 가방과 이 빠진 지퍼들
금박 박힌 명함처럼
명품 옷에 붙어 반짝이는 장신구들
굽이 단 구두와
털 빠진 모피코트들이
죽은 짐승 무리처럼 수북하다

좁고 긴 고 씨의 동굴 속
그가 연장을 들고 털가죽을 고른다

몸뚱이도 없이 달려온 것들이다
쓸개도 없이 혀 빼물고 죽은 곰이거나
간쯤이야 떼어줄 듯 들러붙는 토끼거나
껍데기만으로도 누군가의 몸으로 둔갑한 여우같이
산과 들을 지나 바다 건너온 것들
금실로 새긴 실밥 터진 이름들을 꿰맨다

벙어리 고 씨 손이 바쁘다
누구의 고용인도 아닌 그만의 동굴
이곳은 명품만 의뢰가 가능하다

가죽만 두르면 금세 날렵해지고 빛나는
털가죽만 둘러도 벌판을
내달릴 것같이 가벼운
금단추만 달아도 훈장처럼
자랑스러운 이름으로
목이 뻣뻣해지거나 배꼽에 착 감겨오는 것들을
걸치고 나가는 한 무리의 사람들
들판을 가로질러 나간다

그가 목을 길게 늘였다 접는다

계속되는 단추

핸드폰 속으로 물이 흐른다
물소리를 내는 여자가 흐느낀다

핸드폰을 귀에 댄 채
24시편의점 처마 밑에 서 있다

그녀의 계곡으로부터 흘러온 물은
고여 있다가 한꺼번에 쏟아져 콸콸 흐른다
오른쪽 얼굴이 뜨거워진다

기억하고 싶지 않은
비밀이 유유히 흐른다
무엇을 잃어버렸는지조차 알 수 없는 질문으로
오른손이 축축하다

그녀의 물줄기에 대해
오랜 세월 영원히 열어 보인
물의 귀에 대고 말한다
자신의 그림자를 끌고

그러니까 내가 대답을 하고
그녀가 대답을 하는 사이에 있던 질문들은
잘못 끼워진 단추를 들여다보고 추적해보는
궤적의 방향 같은 것이다

이제 반성하는 습관을 버리면 된다는
거기와 여기가 철철 흐르고 있다

또다시 울리는 그녀의 진동
한 손에는 우산 한 손에는 핸드폰을 쥔 채
나는 물줄기를 따라 걷는다

창

베이컨의 그림 사내

사내가 바닥에서 일어나 일그러진 머리를 일으켜 세운다. 그를 창이라 여긴다. 단 한 번도 열어보려 하지 않았던 창. 그와 조금 떨어진 붉은 바닥과 벽면. 그는 어디론가 사라질 수 있을 것 같다. 녹아서 스며들거나 증발해버릴 것 같다. 뼈들을 벗어놓고 그가 일어섰다. 그리고 사라졌다. 순식간에. 살과 뼈가 함께 뭉그러져 흰 침대 위에 누워 있을 그를 나는 안다. 살점을 주워들고 사라진 그의 뼈가 십자가 형상으로 벽에 매달려 있다.

빈방

투명한 틀이 서로의 틀을 지우면서 사라졌다. 밤이 갔다. 그리고 다시 밤이 오고 있다. 빈방. 이상한 저녁이다. 나무처럼 내가 서 있다. 가끔 튕겨져 자지러지다 제대로 박히는 못질 소리 들린다. 단단함을 뚫고 들어가 박힌 못. 못에 걸린 그가 웃고 있다. 바닥과 바닥, 벽과 벽, 문이란 문 모두 연다. 한꺼번에 들이닥치는 바람. 신문이 날다가 방충망에 걸린다. 커다란 물체 덩어리의 그림자가 늘 배회하는 곳.

뱀굴

몸은 보이지 않는다. 굴속에서 똬리를 틀고 무거운 그림
자를 껴안고 있다. 살냄새가 풍긴다. 어둠. 오후 내 따라다
녔던 어린 그림자도 따라와 같이 드러눕는다. 얽히고 들러
붙고 비벼대며 서로 꼬이는 덩어리들. 보이지 않는다. 느낌
으로만 전해지는 체온. 차갑다. 꿈틀거리는 덩어리들. 안
으로만 파고드는 구멍들. 날마다 허물 벗는 굴속, 어둠이
걸어 나가고 있다. 덩어리에서 미끄러져 나오는 느리고 둔
한 큰 뱀 그림자 보인다.

어느 심리극

감각 익히기 훈련 중이다. 창고에 가둬둔 기억을 꺼내오
라는 명령을 수행 중이다. 심리학 교수는 모두 눈을 감아보
라고 했고, 그도 눈을 꽉 감는다. 거미줄처럼 흔들리는 눈
꺼풀 속에서 방이 살아 움직인다. 아니 죽은 것 같다. 문을
열면, 침대가 둥둥 떠 있고, TV가 켜져 있다. 그 위에는 잉
카인의 토우가, 신라의 연인상이 살아 움직인다. 아니 발
기된 채 죽어 있다. 가능한 한 갖다 붙이고 싶다. 자꾸 잘

려 나가는 기억의 꼬리들을 붙여보려 바둥거린다. 꿈틀대
는 것들. 거울 속 이미 잘려 나간 기억의 일부들이 남아 우
글거린다. 난, 부패되지 않은 꼬리를 들고 나와 붙여본다.
새살 돋는 자리 가렵다.

그림을 향하고 있는 얼굴 그녀

사내는 그녀를 창이라 여겼다
그녀도 사내를 창이라 여겼다
사내도 그녀도 창을 통해 달아났다

제3부

아직 지하다

사람들 계단 밑으로 흘러들어 간다

흐르는 지하도 팬티와 브래지어만 입은 마네킹 뚫어져라
쳐다본다 발목 잘린 마네킹 앞 지나간다 상점마다 미끌거리
는 유리 무럭무럭 자라는 다리들 울창한 모래 사은품 행사
장 앞 오천 원에 준다는 요술 텐트들 삼 초 만에 펴지는 지
붕들 버섯처럼 솟는다

맴맴 나타나는 모퉁이들 지갑과 벨트와 가방이 햄버거와
김밥이 오뎅과 떡볶이가 군침 도는 것들 허기져 핸드폰과
목걸이와 반지와 꽃과 애인이 애인과 손을 맞잡고 오가는
데 대낮처럼 환한 지하 출구를 못 찾는 쥐처럼 들락거렸다

화서역 방면으로 나왔는가 하면 오산 방면 출구를 찾아
나오면 애경백화점 회전문 오래도록 그 속에서 맴돌다 얼굴
내밀 때마다 정수리를 꽝 꽝 들어가 들어가 내리치는데 거
품처럼 그것 빨리 사라졌다

계단 밑 저 아래 콸콸
만능의 심장들 흘러간다

이상한 책

집을 떠난 순간 사냥언어로 말하는
사냥하러 가자를 집 뒤로 가자고 말하는
사냥하는 장소를 가야 할 먼 길로 말하는
수렵의 신화 속 사냥꾼이 된다

몇 마리의 곰을 죽였을까
몇 마디 우회적인 사냥언어로 웅얼댄 건가

언젠가 와본 듯한 이곳
이제 막 벽을 뚫고 나온 듯 박제된 사슴 목이 박혀 있다
구멍 난 모자를 쓰고 찢어진 청바지를 입은 사내들이
우회적인 말로 키들거린다 황금빛 하이힐을 신은
그녀들이 깔깔 우회적으로 웃어댄다

책 속에 뱅뱅 돌고 있는 늙은 별 있다
외계의 나는 떠돌이 병든 별

팔십 퍼센트의 질소와
이십 퍼센트의 산소로 빚어진 나는 기호
어느 별의 언어로도 소통 불가능한 나는 이상한 책

나는 읽히지 않는다

타 죽은 개

새까맣게 그을린 채 개가 죽어 있다

목에 감긴 쇠줄이
그대로 말뚝에 묶여 있다

발소리와 냄새만으로도 꼿꼿이
털을 세우거나 꼬리를 흔들었을 완강한 몸
얼마나 오랫동안 불을 삼켰는지 배가 불룩하다

무언가를 한입에 삼켜버릴 것 같던
희고 뾰족했던 이빨은
허공을 꽉 문 채
육체를 빠져나와 있다
파랗게 번득이던 눈구멍 속으로 윙윙
파리들이 줄지어 들어간다

눈에 들어차는 불
오래전부터 꺼지려고 가물거리던 화근
어둠이 완성될 때까지 개가 지켜보던
그 집

허물어졌다

축포처럼 터지는 그 속에서 무엇이든
불붙기 시작했고 벽이 무너졌고 기왓장들이 부서졌다

오래도록 남아 있는 불씨들을 퍼 담고 누운 채
만삭인 임산부같이 터질 듯 팽팽해 보이는 개
배 속에서 흰 구더기들 기어 나온다
부지런히 그것들 잿더미 속 파고든다

무덤보다 더 둥글어지는 어둠, 유황 냄새 짙다

태몽

표정을 지운 얼굴
환자용 침대에서 천 년 동안 껍질을 벗고 있는
노인을 보며 엄마, 하고 불렀다

움푹 팬 눈 속에서 높이 솟는 파도를 본다
한순간 무너지는 비명을 듣는다
이빨 없는 노인이 엄마, 하고 따라 부른다

주삿바늘 빼내자 환자복에 가득 피어나는 붉은 꽃들
유리컵 속 틀니는 웃고 노인은 울고, 통증으로
꿈틀대는 얼굴을 보며 나는 서 있다

몸을 힘껏 회전시켜 링거줄로
스스로를 조여보지만 미치지 못하는 힘은
아무것도 끊을 수 없다
둥글게 몸을 감아 비틀 때마다
터지는 울음에서 비린내가 난다

태생이 요란한 몸이 수시로 갓 태어나는 것을 보며
서 있다 아무렇지도 않게

탯줄을 목에 감겠다는 마른 손이
숨통을 조일수록 숨 트이는 방식으로
천천히 죽어가는 낮이 오고 밤이 간다

태생을 알릴 때마다 아직 짓지 않은
아기 이름을 부르는 소리 갈라진다
등 뒤에서 대답하는 목소리가 이 모든
까닭을 모르는 것처럼 왜 그래, 등을 흔들어댄다

아픈 사람의 등을 안아본다

꿈틀대며 태몽 속 구렁이 이야기를
흥얼거리는 아픈 몸이
엄마, 하고 부른다

투입구

긴 복도 끝부터 현관문 앞까지
어둠어둠어둠 발자국 소리 들린다
끌려오는 어둠
그럴 거야 바다가
푸르고 어둡고 시커멓게 깊이는 무서웠지
현관문을 수문水門 잠그듯 늘
문 아래 투입구 구멍을 막는다

이곳은 바다다 바닷속 달팽이 집이다

서서 잠자는 내가 보인다
눈을 뜬 채 잠이 든

움푹움푹 파인 눈구멍에서 거머리인 듯 구더기인 듯
새까맣게 쏟아져 나오는 잠 속 내 새끼들
흐물거리는 뼈들이 왈칵 쏟아져 들어온다

속으로 들어차는 짜디짠 알들
몸속에 수컷을 키우는 변종의 태반, 질긴 생명줄
내 손으로 뭉텅뭉텅 태를 자른 수백 마리 새끼들

일제히 달려들어 물어뜯고 발라내는 살 말고도 껍질이
있다

껍질만으로도 충분히 무겁다 꿈에서 나는
무거운 물이다 바다달팽이다 꿈은 내게 친절이다
지겹게도 날아드는 고지서다 신문이다 배달받는 죽음
이다
부고장이다 또 하나의 죽음이 죽는다 어느 손이 쑥,
구멍 속으로 들어온다

끌려가는 어둠

끌려가면서도 무엇이 되고 싶어한다
되고 싶어하는 그 무엇이 되고 싶어한다

나는 벌레가 무섭다

눈도

귀도

입도

발도

너무 작아 보이지 않는 것들이 무섭다

어느 구석에서 소리 소문 없이

느린 속도로 기거나 걷거나 뛰면서

숨죽이면서 소리를 갉아 먹고

냄새를 포식하면서 배불러오는 것들

그것이 겁나고 무섭다

흔적도 없이 진군해오는

열려진 귀로 열어놓은 콧구멍으로 땀구멍으로

배꼽으로 구멍마다 구물구물 들락거리는

밟고 지나가는

길들이 무섭다

날개를 달고 어느 날

내가 가보지 못한 거리까지

내가 디뎌보지 못한 길목까지

휙휙 날아다니는 날개가 부러운 것들

살충제로도 죽지 않는 튼튼한 내성

구석구석 내밀하게 집을 짓는
쌀알 같은 새끼들을 데리고 기어드는
구멍 속 집이 무섭다

마우스 호모

똑똑하다고 소문난 두기[*]
IQ 높은 실험 쥐 두기는
유도된 길을 잘도 빠져나간다

시궁창 어귀까지 악어가 자라는 늪까지
발발발 기어 다니는 긴 발톱과
끝이 날카로운 앞니의 유전자가 물려준
야생의 힘

두기의 발바닥이 미끄럽다 오지다
가다 보면 지도에도 없는 길이 나오고
낯만 있는 방이 나오고 벽이 나오고
방과 방 벽과 벽은
두기보다 빠르게 앞서서 버티고 서 있다
기가 질린 두기
서 있는 것들 앞에서 바닥을 긴다

기는 것만 기억할 뿐
삼십억 개로 엉켜 있는 길
손에 다 쥐어보지도 못하는

기억의 지도를 따라 기다가 걷다가
뛰다 보면 숨 가빠오고 땀이 흐른다

어둠이 어둠을 알아보는 야맹의 눈
기억의 지도에도 없는
본능만으로 기고 걷는 걷고

뛰는 이 길 쥐였을까
나의 조상은

• 유전자 조작으로 탄생시킨 실험용 쥐.

말편자 수집가

거실에 낡은 군복을 입고 서서
그가 말편자들의 장식을 본다
유리 액자 속, 편자들이 번쩍거린다
무공훈장같이 납작한 그것들

유리 진열장과 유리 탁자, 반질거리는 바닥
이상한, 완강한, 무엇이든지 빛나는 거실

그는 자꾸 말에 대해 설명한다
갈기를 휘날리며 달렸던 말이 잘라낸 바람을,
발톱 빠진 채 붙이고 다녔던 발바닥들을,
토막 난 바람을 짓밟으며 달려온 족적을,

오래도록 곱씹으며 죽은 말들을 생각한다
아직 꺼내오지 않은 자루 더미 속 말들
창고에 그득하다

오래되어 군내 나는 말들
군화 속에서 썩어갔던 말들

마르고 닳도록 절룩거리며 달렸을 들판을
바다를 밀어내며 밀려났던 흔적들이다

납작한 그것들을
목에도 걸어보고
발바닥에도 붙여보면서

그렇게 힘세게
침 튀기며 말하는 입술에서 몇 방울 햇빛이 떨어진다

늙은 군인의 말투처럼
말할 기회를 노리면서 흘금거리면서
내가 그와 같아지려 하고 있다

가시거리

비상등 깜박거린다
안개와 비 사이 떨고 있는 필라멘트들

보여지는 것보다 보고 있는 것들 멀어지고 있다

노처녀 조수석에서 졸고
룸미러로 보이는 과부 캔맥주를 마신다
노래 부르는 김광석이 트랙을 세 바퀴째 돌고 있다

리본이 흰나비 같던 여자 룸미러 속에서 웃는다
달라지기 위해 떠난다는 최초의 말과
부치지 못한 편지 부치겠다는 여자 비린내 뒤섞인다

오후 두 시, 해미로 소풍 간다

땅콩 깨물며 개미 구워 먹는 사내 얘기하는 여자
습기 찬 유리에 바람의 무늬를 그리고 있다

흔한 우물 되어버린 안개주의보
비상등 깜박일 때마다 개구리 울음소리 요란한 터널들

자주 비상구라는 관용어를 꺼내 보인다

거대한 환풍기가 몰아낸 안개
콘크리트 균열이 불끈거리는 터널 속
다시 안개가 비를 몰고 온다

그는 갔는데, 정말 고마워, 여러 번 말해도 되는 거니?
세 여자는 좀 더 환해졌고, 해미에 왔다

읍내로 걸어가는 구두들이 쓸쓸한

냉장고 속의 눈사람

낯선 집에 대고 울었지
눈은 드물게 내렸고
겨울인 이곳에서 여름 그 섬으로 건너갔을 때
바람은 바다가 되어 소리 없이 밀려왔지

큰 입을 가진 바다는
씹지도 않고 꿀꺽, 지붕도 마당도 자동차도 기차와 배
내 주소와 이름까지도 꿀꺽, 삼켜버렸지

길도 지워진 기억아
아무런 맹세도 하지 않은 여름 앞에서 너는 운다

어느 곳은 폭설이
어느 곳은 해일이
어제야 눈이 내린 여기
인형만 한 눈사람을 만들었다

블라우스 단추로 눈을
머리핀으로 코를
지우개로 입을

연필심이 다 닳도록 뭔가를 쓸 듯한
몽당연필이 박힌 팔

말도 없이 눈사람이
냉장고 속으로 걸어들어 갔다

냉장고 문을 열 때마다
빛나는 눈사람의 이마
반짝거리는 단추를 풀면
눈 속에 들었던 작고 더운 나라들이
미끄러져 나올 것 같다

바닥에 고이는 물속이거나
물 위를 걸어 다닐 기억들
작아지면서 남아 있는 것들이 아직 빛나고 있다

똑같은, 정말 똑같은

한발씩 내디딜 때마다
십 년을 버렸지

똑같은 장신구, 똑같은 표정, 똑같은 구두, 똑같은
정말, 정말 똑같은 은유, 똑같이 어두운, 길이
위로 아래로 똑같은

특징 없는 얼굴
이제 나는 거품
공기로 가득 찬 방울들이 터지고 있어

뼈가 드러나도록 말라붙은 가죽을
공처럼 부풀리기를 수십 차례
허풍으로 가득 찬 내 얼굴

누군가 나를 찼고
통통 굴러서 바닥에 떨어졌지

저 꼭대기에서 바닥까지
단숨에 내려오는 일이 너무 쉬웠어

그리고 나는 오르거나 내려오는 일보다
녹아버리거나 밀가루 반죽처럼 질척거리거나
아무튼 흐르는 무엇이길 바라는 거야

장신구 어디쯤에 박혀 이미테이션 보석처럼
간신히 빛을 내는 정도로 흐르는
나는 똑같은 권태

밤이 낮을 밀어내듯 되돌릴 수만 있다면
공처럼 튀어 올라 처음 거기,
아득히 높고 까마득한 꼭대기에서
오래오래 잠들 거야

바코드 이끼

숲에 나는 와 있다
초록으로만 기억되는 이끼류들
서로 붙어 살고 있다
그늘 속에선
그림자도 나도 이끼였다
솔이끼 우산이끼…… 마른버짐 같기도 하고 야자수 숲
같기도 한……
내가 알고 있는 이끼의 이름은
이쯤에서 요약된다
씨주머니를 거꾸로 매달고 있는 비균형의 번식력
그늘만으로도 발아할 수 있는
홀씨들 가득한 숲에
나는 와 있다
위태롭게 서 있는
푸른 군집 속에서 나는
내게 맞는 그늘의 문을 찾아낸다
하나의 씨앗을 잉태할 그늘의 집
문을 열고 들어간다
그림자도 나도 그늘 속에 섞인다
그새 또 하나의 푸른 홀씨가 거꾸로 자라 있다

벌써 그늘까지 푸른 숲에 나는 와 있다

침대

예순이 넘도록 수십 년을 누워만 지내온
석고 인간 김 씨

굳어져가는 손가락 사이에 끼운 손거울에
주름진 이마와 움푹 파인 눈동자가 들어찬다
거울 속 눈동자가 이동한다
여러 개 침대가 놓인 복지관 방 안

눈동자 속에서
1번 침대 할머니가 기침을 하고 있다
얇은 모포가 풀썩인다
쿨럭이는 기침이 희끗희끗
하얀 할머니를 들춰낸다
약을 먹어봐요, 거울에 대고 그가 말한다
그가 또 오그라진 손으로 거울을 틀어쥔다

2번 할머니가
천장만 쳐다보고 누워 있다
여기 좀 봐요, 그가 손짓을 한다
할머니는 천장만 쳐다볼 뿐 대답이 없다

3, 4, 5번 할머니가
잠든 후에야 손거울을 놓는다
간간히 들리는 발자국 소리에 깨어난 새벽
손거울을 틀어쥐는 동안
흰 마스크를 한 사내들이 2번 할머니를 옮겨 눕힌다
할머니가 침대에서 사라진다

한동안 거울 속에 놓여 있던
빈 침대도 사라진다
굳어져가는 딱딱한 몸
간신히 손가락에 끼워진
손거울 속에 나무와 언덕이 들어찬다
눈동자 속에 새 떼들이 날아간다

그가 거울 속으로
침대들을 불러들여 오래오래 들여다본다

센트럴파크 화보

열차가 달려갑니다
안경 쓴 할아버지가
유모차에 누워 있는 계집애를 들여다보며 글글글 까꿍,
합니다

빤히 보고만 있을 뿐 딸기 그림이 있는 빨간 모자 그 애
는 할머니인 척 누워 있는 장면의 페이지 같습니다 다음 페
이지를 보기 위해서 눈알을 빠르게 움직여야 합니다 강물
은 흘러갑니다 강물이 강물끼리 흘러가고 열차는 열차대로
흘러 흘러갑니다

청바지에 배꼽티 입은 애엄마가 모자를 바로 씌웁니다
그 애는 모자를 벗으면 안 될 것 같습니다
몇 페이지째 모자 씌우려는 장면이 계속 되었으니까요

열차 손잡이를 붙들고 있는 배꼽티의 배꼽이
앉아 있는 할아버지와 마주보고 있습니다
할아버지가 손수건을 꺼내 안경알을 닦습니다
열차는 잘도 달려갑니다

안경알 너머 눈곱 낀 할아버지의 흐린 눈이
숲이 그려진 그림을 오래오래 봅니다
어른 사슴 두 마리가 풀을 뜯고
새끼 사슴 한 마리가 젖을 빨고 있는 그림이 자꾸 안경에
서 지워집니다

빨간 모자 그 애는 유모차에 실린 채 역에서 내렸는데,
할아버지는 다른 애가 앞에 있거나 옆에 있어도 또 글글글
까꿍, 할 것 같습니다 안경 할아버지는 35만 평 대형 녹색
공원에서 늙은 사슴처럼 휴식 중인지 가끔씩 끄덕입니다 끄
덕이다 기울어집니다

버버리인지 크리스찬디올인지 향수 냄새 짙은
노랑머리가 자리를 옮겨 앉습니다

35만 평의 규모보다도
빈자리가 넓어 보입니다

무늬가 있는 보자기

발톱을 세우고
무한 속도로 달려들었을 새벽이다
횡단보도를 건너다 분해된 조각들을 본다

내장의 바닥, 툭, 터지는 흡뜬 눈의,
펄럭였던가 바닥이 기우뚱, 깃발같이
고양이는 흔들었을까 바닥을 까칠거리는 혓바닥을
갈갈갈 갸르릉이 비린내를 찾아 빛났던 눈의,
밤과 새벽 사이 쓰레기를 뒤지는 발톱들이, 이빨들이,

얼른 주워 담기도 전
덩어리 하나가 튕겨 나간다
바퀴가 순식간 무늬를 남기고 사라진다

넓어지는무늬, 아직모락모락훈김오르는떡같이
말랑거리는무늬, 죽죽늘어지며퍼지며인절미같이
딱딱해지는무늬, 떡쌌던보자기같이넓기도넓은

내 있었던 자리는 속도다 무늬다
비린내 나는 쓰레기의 쓰레기다

제4부

기억의 고집

창문이 열렸다 사람들이 하나둘씩 머리를 내밀기 시작했다 공중에 떠 있는 창, 창문에 걸려 있는 목들이 바닥을 내려다보았다 떨어진 비명이 무늬를 그리기 시작했다 공중, 난간과 벽 모서리와 창문 지금 내밀고 있는 얼굴들을 향하고 있는 굳은 얼굴이 파랬다 둥글고 긴 푸른색의 고요, 그 속에 백 개의 희망이 바람의 날에 베여 떨어진 것인지 날개를 가지지 않은 죽음이 바람보다도 빠르게 떨어진 것인지는 내게 무관하다 한 발 뒤로 물러서서 보는 풍경화이거나 비사실적으로 그려놓은 사내의 그림을 누구나 보고 있는 것이다 누군가 내 뒤통수를 내려다보고 하나의 원이며 덩어리로 여기는 사이, 시간을 챙겨 넣은 가방을 들고 사람들이 서둘러 출근한다

공중이라는 층계에서
올려다보거나 내려다보는 오래된 습관은
아무렇지도 않은 일만을 기억한다

석이石耳

굳어지지 않으려고 돌이 되어간다

돌이 되어가면서 돌이 되지 않으려고
평생 오물거리던 입
그 속에 갇힌 말들 너무 많은 식욕들
명복으로 빚어진 술잔이 오가는 시간들

오래 빚어온 말을 잘 듣기 위해
귀들은 팔랑거리는 습관을 버리지 않았다
두 귀는 칼처럼 날을 세운다

오른쪽 귀가 왼쪽 귀를 끌어당겨 면상에 척 붙이고야 말
았다

면적을 넓혀가는 버섯들
덕지덕지 들러붙어 주술처럼 영결을 외우는 봉투들

돋아나는 귀들 쑥쑥 자란다

빈틈없이 단단하게 살아라

바싹 갖다 댄 귀, 잘 들리는 말
꽉 다문 입속으로 사라졌다
사라지는 건 사라지는 거다

외부인 출입 금지 스티커처럼 달라붙은 귀
구멍이 보이지 않는다
사라진 길 끝에 서서 바위처럼 캄캄해질 때
잃은 것도 없고 얻은 것도 없다고 여긴다

잊히는 건 잊히도록 두는 일 많아지면서
귓속에 버섯이 자라기 시작하는 걸 보고야 말았다

풍선

바람 든 내가 둥둥 날아간다
바람의 속도 속에서 나는
가죽이 된다
주머니가 된다
주머니 속에 담고 다녔던
무슨 생각
색깔이나 모양
꽃 이름이거나 사람 이름
이름에서도 냄새가 났던 것 같은데
바람 속에서 바람일 뿐 냄새도 없다

새까맣게 소나기 쏟아지는 날
지갑을 잃었다
젖은 주머니 젖은 바지가 이끌고
가는 길이 낯설었다
그 길 다 지나도록
수십 개의 풍선을 밟고 오는데도
아무렇지 않았다
주머니 하나에 다 들어 있었을
빵빵한 것들

내 얼굴과 내 번호
숫자 어디쯤에서 걸리는 무슨 증명
한꺼번에 날아가버린
바람의 증명
나는 나에 대해 증명할 수 없다

나라고 하는 노인이
바람 빠진 주머니 속에서 누군가를 찾는다
탈피한 벌레집 같은 곳
그 어느 둥둥,
날아가던 한때를 늙은 손이 뒤적거린다

나를 습득한 누군가는 내가 되었을까

카페 도시 선언

시네마타운 그 아래 바다나라 게임장과 럭셔리 미용실 몇 계단 더 아래 몇만 년 흘러온 것처럼 계단 내려와 지하에 앉아 있다 세계 일주하며 사들인 기념품이 벽과 천장 테이블마다 그득한 카페 누군가 나를 발굴해 이곳까지 끌고 온 지층과 지층 사이 너는 지금 체리주스를 마시며 웃고 있다 메이드 인 인디아 카펫을 깔고 앉아 금욕주의에 대해 혹은 쾌락에 대해 얘기를 한다 서경덕과 황진이 얘길 꺼냈을 땐 좀더 진지하게 미간을 찌푸린다 투명한 유리잔의 붉은 주스와 베레모를 쓴 체 게바라 사진을 흘금거리는 나를 네가 본다 이마에 눈알이 박힌 너는 나를 정면으로 보고 있다 너는 어디서 흘러온 물고기지? 네 입술은 붉고 종이처럼 얇다 네가 끝나지 않는 말을 할수록 끝이 없는 요구를 할수록 나는 무거워진다 너와 나는 그런 식으로 중심을 잃기 시작한다 바닥에서 웅크리고 있는 병든 강아지를 보며 카페 프란스와 이국종 강아지* 얘기를 한다 너의 말에서 속성으로 자란 손톱들 재빠르게 내 심장을 꺼내고 있다 모른 척 나는 쓸개까지 내어주고 있다 그가 오래오래 나를 씹는다 나는 아프지 않다 고스톱 게임을 하고 있는 카운터가 컵라면 국물까지 다 마시도록 너와 나 사이엔 유유히 강이 흐른다 몇 개의 달이 구른다 지하와 지하 심해를 거슬러 오르는 계단의 끝 보

이지 않는다 이곳은 낮만 있는 지하다

● 정지용의 시 「카페 프란스」에서.

우박

약 십 분 우박 쏟아진다
약 삼십 분 천장에서 쏟아지는 비명

한 번도 본 적 없는 여자
밤마다 운다 때때로 천식 앓는 할머니 쿨럭이는 소리 숨
넘어갈 듯 터질 듯
벽 속에 울음들 산다 얼룩무늬 벽지 곰팡이 핀다

바깥은 바람 천지 유리창 흔들린다
이건 비 이건 얼음 이건 물소 떼
두두두 중앙난방식 보일러, 밑바닥 헤집고 달리는 맹렬
한 발굽들

강풍 속 쏟아져 들어오는 잠
백만 조각으로 찢어지는 어둠
달아날 틈 보이지 않는 튼튼하고 두꺼운 잠 속 알몸 여
자 앉아 있다

잠의 문구멍 내다보자 붉은 손톱이 눈을 찌르네
캄캄한 베일 하얘지는 벽 일렁일렁 구름 떼

갈비뼈 밑에서 심장을 자장자장 주무르는 여자
꼬박 같이 지내는 건 위험해 모든 건 지나간다 지나간다

덜컹대는 창 쾅쾅 두드리는 얼룩진 얼굴
곰팡이 벽지 그만 울어요 봄은 오는데
백만 그루 나무 흔들리면 얼음새들 우두두
유리 조각처럼 떨어져요 도무지 알 수 없는 이건 벼락 새
파란 번개

떨어진 귀 조각난 눈
달리는 바닥 흐르는 벽

사라지고 없다 없다가 있다

암말

징 박은 발굽이 따각따각 걸어가는데
덩굴손이 발굽에도 자라
가야 할 말의 길
제 손으로 막고 버팅기는데

어찌 보면 길이란 아예 없었던 것일 수도 있겠다

노여운 말이 제 설움이 뭔지도 모른 채
콧김 내뿜고 힝힝, 우는 건지 웃는 건지
혓바닥만 길게 늘어뜨린 채
제 그림자 들여다보고 있다

그림자에도 무슨 감정 같은 것이 있나 보다
덜렁거리는 그림자를 그림자가 짓뭉갠다

덩굴손의 채찍이 후려치는 그림자가
앞으로 뒤로 토막이 났다가는 걸려 넘어지고
넘어져 피 한 방울 흘리지 않고도
토막 나는 말의 살점들

질기기도 질긴
그림자에서 혓바닥 잡아 빼 싹뚝,
발목 붙잡고 늘어지는 손
아무렇지도 않게 토막 내 흔들어대는
심장에서 피 한 방울 떨어지지 않는
그림자의 그림자

땀

눈물 한 방울 흘리지 않고 통곡하는 일

휘트니스 러닝머신 위에서 제자리 뛰는 일
보석사우나 섭씨 칠십이 도 황토방 속 사람들 익어간다
말복날 개업한 치킨나라대통령 닭들 튀겨진다

응급실 아버지 손 꽉 쥔 내 손
아버지 속으로 흘러들어간다
손바닥과 손바닥 사이 손금과 손금 사이
천근 무게로 가라앉는다

수만 개 태양이 뜬다
노란 길들 건물들 간판들 익어간다

공중, 불개미들 쏟아져 내린다

기진한 몸 줄어드는 일
둥글어지는 일 굴러가는 일 간신히 기어가는 일
이식받은 심장 다시 뛰는 일
가슴 화끈거리는 일

대낮이다 이런 일 한참이다

굴착기 움켜쥔 남자들
파헤친 자리 또 파헤친다

손바닥만 한 선풍기 간신히 돌고 있다

오랫동안 모자

다시 비 온다

눅눅한 그림자를 벽에 건다
인간적인 거짓이 착한 모양으로 걸린다

허풍의 면적만큼 그늘의 크기를 넓혀보는데
더 이상 자라지도 줄지도 않는 둘레를 맴돈다

질서정연한 빗줄기도 바람이 끊어내고 바람이
끊어내면 다시 줄 서는 비 맞으며
개처럼 거리를 어슬렁거린다

비 그치면 걷고 대낮이면 습관적으로 뛴다

오래도록 같은 대답의 근황이 지겨운데
앞으로도 따질 듯이 물을 작정으로 다시
구름들 몰려온다

새로운 그늘을 사서 직업적으로 뒤집어쓴다
네가 네 속에 세 들어 산다고 말해야 하나

그건 거짓 그건 골칫거리 허풍

색 바랜 허수아비 모자 벗겨 쓰고
가을 운동회 달려가는 열두 살 아버지
아버지의 아버지에게 그을음 뿌리는 아버지

담배 연기 술렁이고
허공은 온통 모자가 되어 달린다

아직 벗어놓지 않은 그늘들이 뒤돌아보며 뛰어간다

붉은 손

손톱 다 빠지도록 미친 듯이 기어올랐지

시멘트벽 찍어 누르며 내 몸 파고드는 잔뿌리들
벽을 바닥처럼 여기며
3층, 4층, 5층, 기어올랐지

멀리서도 잘 보이는 아파트 벽화 장안문
그 문 빠져나가려 손톱에 힘주기 여러 차례

오르다 가끔 멍든 손가락 들여다보았지
잘려진 닭발 모양으로 푸르다 못해 검은 자국

가득 찬 모이 모래와 섞여 쏟아져 나올 때
창자 사이로 반짝, 윤기 흐르던 노란 알들

물 쏟아붓는 엄마 손 붉었지

흐르는 물 쏟아지는 통로
어느 길 하나 빠뜨리지 않고 발 디뎌보고
뿌리내려야 할 것처럼 담장 옆 돌아 다시 그 자리

길을 잃고 말았지

증명사진

눈동자에 스며든 물은
겨우내 어떤 식으로든 붙어살았다

하수구에서 발견된
실종 여중생의 교복 주머니에서
쏟아져 나온 것들
동전 몇 개와 귀와 입과 턱만 남은
코팅된 학생증이 꺼내졌다

무엇보다도 먼저 앞질러 도착한
물의 급한 걸음이
발자국만 남기고 사라졌다
밑도 끝도 없는 소문은 격렬하게
내던져졌다
바람 불자
말들도 사라지고
고요만 남았다

자신이 감쌀 수 있는 넓이와 폭만큼
웅크리고 있던 공간만큼

모든 것에 물의 성격을 전파해야만 했던
시간의 집요함

흙 묻은 운동화 끈이
아무것도 판독해낼 수 없는 몸을
묶어두고 있다

얼음치마

벌써 녹기 시작하네 그녀

그의 손으로 백만 번 조각된 얼굴
입술 사이로 사각사각
공기를 갉아먹는 이빨 금세 자라지

그녀를 그리다 지우고
지우다가 다시 그려대는
힘줄 구불구불한 손이
흰 드레스를 입히고 백합꽃 한 아름씩 안겨주지

딱딱한 그녀 단단한 그녀 미끄러운 그녀 차가운 그녀
점점 짧아지는 키에 맞춰 관을 짜곤 하지

줄어드는 그녀 일주일 동안 잠만 자는 그녀
녹았다가 흐르다가 스며들다가 꽝꽝 얼음이 되고 마네

후들거리는 손에 끌과 정을 들고
얼음 얼굴 얼음 가슴을 만들다
제 손등 찍고 마는 알코올중독 조각가

툭툭 붉어진 그의 혈관 속으로
초점 없는 눈동자 속으로 흘러드는 그녀는
수천 개 얼음 조각

입자마자 사라지는 치마를
매일 뒤집어 입는 그녀

문을 열 때마다 얼룩만 남아 있지

가끔씩 비상구

새 때문에 위험한 여자가 있다

거대한 스크린 켜지자 숨죽이는 사람들
천장 흔들리고 벽 무너지는 장면 지나가자
언제든지 뛸 자세로 고쳐 앉는 사람들
음향 템포 빨라지자 일제히 흔들리는 숲

두 시간 후 나갈 출구는 안쪽에 있다
상영이 시작된 입구는 두 시간 바깥에 있다

가까이 다가올수록 뒤로 물러서는 법을
새도 알고 새를 보는 여자도 안다
공격적으로 보이기 위해 정면을 보여주는 법을
연출자도 알고 관객도 안다

서두르는 눈동자들이 보고 있는 극대화되는 비명
길들이던 새에게 눈동자를 빼앗긴 금발이
외눈으로 탈출하는 장면에서 자주 보여주는 문과 문

외눈박이가 문을 향해 기어가는 것을

보고 있는 집요한 새의 시선

붉게 물들어가는 비명을 보고 있는
눈동자들 더욱 바빠진다
구할 만한 가치와 버릴 만한 조건을 분할하는
기대감으로 떠났던 곳으로
아무 일 없었다는 듯 돌아가는 사람들

비명의 관계가 처음인 의자들이
다시 딱딱한 자세를 취한다

센서

온몸에 눈이 생기기 시작했다

어둠 속에 서 있던
내게 불이 켜진다 은은하다
길쭉하게 늘어나는 내 그림자가
나를 이끌고 방과 방을 걸어다닌다
열두 개도 넘는 전등이
열두 개도 넘는 그림자를 만들어
또렷이 지켜보고 있다
어둠 속에 들어 있던
그림자들을 펼쳐놓고
모든 것을 기억하기 위해
전등들이 벽이라는 거울을 비춰준다
벽이 나를 감지한다
고압의 전류가 흐르는 눈들이
벽 속에 들어 있을 거라고 나는 생각한다
커다란 덩어리에
팔 벌린 가지들, 줄기들, 실뿌리들 빨갛다 저것,
내 속에서 불이 켜져 있던 것
즐겨 입었던 가죽옷

벗겨지지도 않는, 척 들러붙은,
전등과 거울을 태울 듯이 지켜본다

너무 오랫동안 달고 다닌 눈들

'시'를 향한 '다른 목소리'의 진정성
―권오영의 시세계

유성호(문학평론가·한양대 국문과 교수)

1.

　권오영의 첫 시집 『너무 빠른 질문』(천년의시작, 2016)
은, 삶과 사물에 대한 깊은 사유와 감각을 전혀 다른 목소
리로 치환하고 배열하는 작법에 의해 쓰인 미학적 결실이
다. 권오영 시편에는 순간순간 소멸해가는 존재자들의 쓸
쓸하고도 불가피한 속성이 후경後景처럼 둘러져 있고, 그
안에는 신음과 비명을 참아내는 견인堅忍의 시간이 명징한
형상과 흐름으로 드리워져 있다. 그래서 우리는 권오영 시
편을 통해 인간 보편이 처한 실존적 벼랑과 함께, 그곳에서
역설적으로 순간의 도약을 꿈꾸는 역동적 웅크림을 한없
는 감각적 전율로 경험하게 된다. 이 점, 우리가 권오영 시
학을 이해하고 누릴 수 있는 매우 중요한 형질이라고 할 수
있을 것이다.

생각해보면 최근 우리 시단은 쟁점 부재의 각개약진으로 나아가고 있다. 이러한 불모의 상황에서 권오영 시편은, 그동안 거대담론이 숨겨놓았던 미시적 행간들을 가로지르면서 자신만의 외롭고도 아름다운 이미지와 서사를 심미적 진정성으로 형상화하는 개성적 세계를 보여준다. 그 세계는 세련된 감각의 밀도와 어법의 활력 그리고 세상을 근원적으로 투시하고 잡아내려는 날렵한 시선을 가득 품고 있다. 첫 시집이 발산할 수 있는 최량의 빛나는 성취라고 해야 할 것이다. 이제 권오영이 들려주는 '다른 목소리the other voice'의 세계 안으로 들어가보도록 하자.

2.

먼저 우리는 권오영의 세계 인식을 구성하는 기본 축이 사물의 속성과 내면의 출렁임을 매개하고 통합하는 예민한 감각에 있다는 점을 강조할 수 있다. 그녀의 시편은 형이상학적이거나 윤리적인 구심들을 현저하게 비껴가면서, 그 안에 담겨 있는 구체적 감각과 율동을 장악하고 표현한다. 선명한 물질적 상상력을 개입시킴으로써 한결 한 시대의 감각적 우화寓話에 근접하는 것이다. 가령 그녀는 원심적 상상력을 통해 오랜 시간 동안 자신의 몸 속에 축적해왔던 감각의 극점을 보여주는데, 이는 사유의 추상보다는 감각의 구체를 통해 세계에 다가서려는 의지의 표명임과 동시에, 경

133

험적 실감과 상상적 미감을 결합시켜 세계를 개진하려는 시
적 욕망의 외화外化일 것이다. 이처럼 권오영 시는 사물 깊
숙한 곳에서 출렁이는 감각의 물질성을 구체적으로 잡아내
어, 그것을 사물의 존재 형식으로 끌어올리는 데서 발원하
고 완성되는 세계이다. 이처럼 권오영은 원심적 감각과 다
시 그곳에 깃들이려는 구심적 감각의 운동을 통해 한층 더
깊은 미학적 결속을 이루고 있는 것이다.

부서지고 금 간 곳을 들여다보며
또 다른 세계를 발견했다
살과 뼈, 그 사이로 여전히 흐르는 피는
X선 사진 속에서 어둡다
어둠 속에서 뼈의 줄기들이 빛난다
빛나는 것들이 환하게 길을 열어 보인다
부러진 뼈마디, 철심 박힌 척추,
피맺힌 갈비뼈에서 자라는 꽃들
시속 백사십 킬로의 자동차에서 튕겨져 나온
몸의 흔적은 무성했다
살점이 뚝뚝 떨어질 것 같은 잎사귀들
진흙 속을 헤집고 나온 푸른 꽃들
살갗을 뚫고 날아갈 것만 같은 은빛 나비들
잠에서 깨어나는 애벌레들, 눈이 부시게
오랫동안 몸속에 불이 켜져 있다
부러진 뼈마디에 뿌린 씨앗들이 꽃을 피운다

살아 있는 시체의 얼굴을 한

핏빛 냄새를 풍기는 붉은 정원

형광 불빛 아래서 살아나는 낮은 신음들을

하나씩 벽에 건다

벽에 걸린 채 살아나는 신음들을 만지며

달아난 세계를 본다

— 「뢴트겐의 정원」 전문

두루 알다시피 뢴트겐은 X선을 발견하여 노벨상을 받은 물리학자이다. 새로운 복사선이 종이나 나무, 알루미늄 등을 쉽게 통과한다는 것을 알아낸 그는, 처음으로 X선을 이용하여 금속의 내부 구조와 아내의 손뼈를 찍은 바 있다. 시인은 이러한 역사적 실재를 배경으로 하여, 뢴트겐이 어쩌면 부서지고 금 간 곳을 들여다보며 발견했을지도 모를 "또 다른 세계"를 상상해본다. 이때 어둠과 빛으로 분할된 "살과 뼈, 그 사이로 여전히 흐르는 피" 그리고 "뼈의 줄기들"은 각각 사진 속에서 디오니소스적 열정과 아폴론적 이성을 대변하는 핵심 표상들로 나타난다. 그리고 시인은 '살/ 뼈/ 피' 같은 원초적 물질들이 때로는 길항하고 때로는 뭉치면서 펼쳐내는 순간 곧 "빛나는 것들이 환하게 길을 열어"보이는 순간을 아름다운 시로 채록한다. 이때 X선이 환하게 비추는 "부러진 뼈마디, 철심 박힌 척추,/ 피맺힌 갈비뼈에서 자라는 꽃들"은 일차적으로는 물리적 환후患候를 지칭하는 것이겠지만, 심층적으로는 스스로의 생명을 얻어 '잎사귀'가 되고 '푸른 꽃'이 되고 '은빛 나비'를 부르고 '애벌레'까지 어울리는 일대 정원으로 화한다. 그야말로 어둑함을 환하게 밝히는 '뢴트겐의 정원'이 아닐 수 없다. 그리고 그 정원은 눈부시게 오랫동안 몸속 불을 켜놓은 채 "부러진 뼈마디"에 뿌려진 "핏빛 냄새를 풍기는" 상징적 거소居所가 되기도 한다. "집중할수록 어둠이 선명"(「중첩」)했던 시간을 붉게 부조浮彫하면서, 권오영은 이처럼 낮은 신음과 함께 울려오는 "해독할 수 없는 울음들"(「낭새」)을 기억하고 또한 그것을 정원 가득 번져가게 한다. 결국 이 작품은 권오영의 출렁이는 내면과 그것을 이미지로 변용하는 과정이 가장 명료하게 드러난 대표적 시편인 셈이다.

새 때문에 위험한 여자가 있다

거대한 스크린 켜지자 숨죽이는 사람들
천장 흔들리고 벽 무너지는 장면 지나가자
언제든지 뛸 자세로 고쳐 앉는 사람들
음향 템포 빨라지자 일제히 흔들리는 숲

두 시간 후 나갈 출구는 안쪽에 있다
상영이 시작된 입구는 두 시간 바깥에 있다

가까이 다가올수록 뒤로 물러서는 법을
새도 알고 새를 보는 여자도 안다

공격적으로 보이기 위해 정면을 보여주는 법을
연출자도 알고 관객도 안다

서두르는 눈동자들이 보고 있는 극대화되는 비명
길들이던 새에게 눈동자를 빼앗긴 금발이
외눈으로 탈출하는 장면에서 자주 보여주는 문과 문

외눈박이가 문을 향해 기어가는 것을
보고 있는 집요한 새의 시선

붉게 물들어가는 비명을 보고 있는
눈동자들 더욱 바빠진다
구할 만한 가치와 버릴 만한 조건을 분할하는
기대감으로 떠났던 곳으로
아무 일 없었다는 듯 돌아가는 사람들

비명의 관계가 처음인 의자들이
다시 딱딱한 자세를 취한다

　　　　　　　　　　　　　　　—「가끔씩 비상구」 전문

　　원래 '비상구'라는 상징은 일상의 낯익음에서 벗어나는
상징적 통로로 원용되거나, 노출되어버린 리스크로부터 탈
출하려는 도피행의 미로迷路를 함의하기도 한다. 이때 시인
이 벗어나고자 하는 난경難境은 '스크린'과 '연출자/ 관객'이

라는 익숙한 관계에 의해 설정되고 또 극복된다. 하지만 그 상황을 구성하는 세목들마저 익숙한 구도構圖를 취하고 있는 것은 아니다. 여기 한 여자가 있다. "새 때문에 위험한" 한 여자를 둘러싸고 있는 수많은 사람들은 영화 상영을 환기하는 복합적 과정에 의해 분할되고 배치된다. 그 사람들은 거대한 스크린이 커지자 숨을 죽인다. 일제히 흔들리는 숲을 배경으로 한 채 영화가 끝나면, "가까이 다가올수록 뒤로 물러서는 법"과 "공격적으로 보이기 위해 정면을 보여주는 법"을 알아가는 이 영화의 구성원들은 "극대화되는 비명"과 "붉게 물들어가는 비명"을 넘어 결국 비상구를 찾아낸다. 그런데 그 '비상구'란, 애초부터 없었다는 듯이, 아무 일 없었다는 듯이, 다시 일상의 위치로 귀환한다. "어찌 보면 길이란 아예 없었던 것일 수도 있겠다"(「암말」)라고 말한 것처럼 말이다. 이 바깥으로의 열망을 향한 비명과 아무 일도 없었다는 듯이 귀환하는 일상 사이에 시인은 "구할 만한 가치와 버릴 만한 조건을 분할하는" 소도구들을 배열하고 그것들로 하여금 이 비상구의 '부재/ 편재' 양상을 구현하게끔 한 것이다. 권오영 식의 삶에 대한 원심과 구심, 부정과 긍정의 교차점이 이러한 표상 속에 풍요롭게 언표되고 있는 셈이다.

결국 권오영은 출렁이는 내면과 자신이 살아가는 삶의 원리들을, 신음과 비명을 지나 가닿는 견고한 일상의 원리로 제시한다. 그리고 감각의 물질성을 찾아 그것을 사물의 존재 형식으로 끌어올리려는 적공積功을 일관되게 보여준다.

인용된 두 작품 말미에 배치된 "달아난 세계"나 "다시 딱딱한 자세"는 각각 삶으로부터의 원심과 구심을 상징하면서 권오영의 감각이 그렇게 순환과 반복 속에서 소멸의 의식과 순간적 도약을 동시에 욕망하는 세계임을 알게 해준다. 일견 애잔하지만, 여전히 역동적인 그녀만의 에너지가 만져지는 듯하다.

3.

다음으로 우리는 이번 시집에서 권오영 시인이 직접 겪은 내밀한 경험적 고백들을 듣게 된다. 삶의 중층적 원리나 이법을 노래한 세계에서 크게 벗어나지 않으면서 한층 경험적 실감을 높인 사례들일 것이다. 여기서 우리는 언어의 상징적 의미에 주목한 카시러E. Cassirer가 "인간은 언어가 형성해주는 현실만 알 수 있을 뿐"이라고 말한 것을 새겨볼 수 있다. 말하자면 우리는 언어를 통하지 않고는 어떤 의식도 형성할 수 없고, 어떤 사물이나 관념도 언어로 구체화되지 않으면 의식 속에 존재할 수 없다. 그만큼 '언어'는 사물의 질서를 의식 안에 구성하는 유일무이한 매개체이고, 시인은 언어를 통해 사물의 질서와 근원적 실재에 가닿으려는 호환할 수 없는 의식을 가진 존재이다. 권오영 시편은 이러한 '언어'의 본질적 기능을 통해 삶의 심층에서 사물과 내면의 파동을 조감하고 담아내는 데 목표를 두고 있다. 사실 그 어떤 사물도 도구적 이성이 서열화하는 합리성과 효율성의 잣대에서 자유로울 수는 없다는 점에서, 권오영 시는 존재 자체와 온전하게 만나려는 심층적 의식으로 충만한 특장을 지니고 있다. 그리고 우리는 그렇게 제시된 새로운 가능성의 공간을 통해 경험적 실감과 반성적 사유가 만나는 거점을 확인하게 된다.

표정을 지운 얼굴
환자용 침대에서 천 년 동안 껍질을 벗고 있는
노인을 보며 엄마, 하고 불렀다

움푹 팬 눈 속에서 높이 솟는 파도를 본다
한순간 무너지는 비명을 듣는다
이빨 없는 노인이 엄마, 하고 따라 부른다

주삿바늘 빼내자 환자복에 가득 피어나는 붉은 꽃들
유리컵 속 틀니는 웃고 노인은 울고, 통증으로
꿈틀대는 얼굴을 보며 나는 서 있다

몸을 힘껏 회전시켜 링거줄로
스스로를 조여보지만 미치지 못하는 힘은
아무것도 끊을 수 없다
둥글게 몸을 감아 비틀 때마다
터지는 울음에서 비린내가 난다

태생이 요란한 몸이 수시로 갓 태어나는 것을 보며
서 있다 아무렇지도 않게

탯줄을 목에 감겠다는 마른 손이
숨통을 조일수록 숨 트이는 방식으로
천천히 죽어가는 낮이 오고 밤이 간다

태생을 알릴 때마다 아직 짓지 않은
아기 이름을 부르는 소리 갈라진다
등 뒤에서 대답하는 목소리가 이 모든
까닭을 모르는 것처럼 왜 그래, 등을 흔들어댄다

아픈 사람의 등을 안아본다

꿈틀대며 태몽 속 구렁이 이야기를
흥얼거리는 아픈 몸이
엄마, 하고 부른다

　　　　　　　　　　　　　　　　　　　　—「태몽」 전문

　'태몽'이란 새 생명을 암시하는 꿈인데, 오히려 이 시편에
서는 그 탄생의 기쁨이 아픔이나 슬픔으로 바뀌어 있고, 새
생명은 '노인'으로 대치되어 있다. 육신의 질고를 안고 있는
'노인'과 '나'는 서로 '엄마'라고 부른다. 노인은 "움푹 팬 눈"과
"한순간 무너지는 비명"을 안고 있다. 마치 "또 다른 울음들

이 칭얼대며 파고드는 늙은 뿌리들"(「마트로시카」)처럼 노인
은 "환자복에 가득 피어나는 붉은 꽃들"과 "통증으로/ 꿈틀
대는 얼굴"을 표상한다. "둥글게 몸을 감아 비틀 때마다/ 터
지는 울음"은 물론 태아의 그것을 닮았지만, 거기서는 '비린
내'가 나고 "천천히 죽어가는" 시간만이 요동칠 뿐이다. "아
직 짓지 않은/ 아기 이름을 부르는 소리"가 갈라지면서 '나'는
그 노인의 아픈 등을 안아본다. 자연스럽게 "태몽 속 구렁이
이야기를/ 흥얼거리는 아픈" 엄마의 몸은 '신생아'의 그것으로
전이된다. 그 '엄마'는 "그림자도 없이 나타난 내 속의 내가 나
를 흔들어"(「틱」)대는 존재이고, "하나의 씨앗을 잉태할 그늘
의 집"(「바코드 이끼」)처럼 "눈물 한 방울 흘리지 않고 통곡
하는 일"(「땀」)만 남기고 계신 것이다. 이렇게 권오영은 자신
의 감각적 언어를 통해 존재 자체와 온전하게 만나려는 심층
적 의식을 보여준다.

　　결국 권오영은 소멸 직전의 존재자를 통해 자신의 시가 '악
몽/ 태몽'의 경계를 지우고, 나아가 '시인'의 의미를 스스로에
게 묻는 양식임을 확인해간다. 말하자면 삶의 비극적 징후를
담아내는 깊은 감각과 사유로 이번 시집을 출렁이게 하고 있
는 것이다. 이때 시인은 언어의 도구적 기능을 넘어 이러한 삶
자체에 대한 탐색에 공을 들인다. 이 점, 자성적이고 귀환적
인 서정의 원리에 매우 충실하면서도, 나르시스트로서의 면
모에서 멀찍이 벗어나 있는 그녀만의 특성이 아닐 수 없다. 더
불어 시인의 감각에 남은 뭇 존재자들은 그러한 원리를 남김
없이 충족하면서, 시인이 써가는 '시詩'의 내질이 되어주고 있

다. 그러니 '태몽'은, 자연스럽게 악몽을 배제하지 못한 '시 쓰기'의 독창적 은유일 것이다.

온몸에 눈이 생기기 시작했다

어둠 속에 서 있던
내게 불이 켜진다 은은하다
길쭉하게 늘어나는 내 그림자가
나를 이끌고 방과 방을 걸어다닌다
열두 개도 넘는 전등이
열두 개도 넘는 그림자를 만들어
또렷이 지켜보고 있다
어둠 속에 들어 있던
그림자들을 펼쳐놓고
모든 것을 기억하기 위해
전등들이 벽이라는 거울을 비춰준다
벽이 나를 감지한다
고압의 전류가 흐르는 눈들이
벽 속에 들어 있을 거라고 나는 생각한다
커다란 덩어리에
팔 벌린 가지들, 줄기들, 실뿌리들 빨갛다 저것,
내 속에서 불이 켜져 있던 것
즐겨 입었던 가죽옷
벗겨지지도 않는, 척 들러붙은,

전등과 거울을 태울 듯이 지켜본다

너무 오랫동안 달고 다닌 눈들

　　　　　　　　　　　　　　　—「센서」전문

　외부 자극이나 신호를 감지하는 '센서'는 인간의 감각이
감지하기 어려운 자극을 감별해내는 장치이다. "인공 센서"
는 어둠 속에 서 있는 '나'에게 은은한 불을 선사하는데, 그
렇게 새롭게 생성된 "길쭉하게 늘어나는 내 그림자"가 이제
'나'를 이끌어간다. 이 모든 순간을 기억하기 위해서라도 시
인은 "전등들이 벽이라는 거울을 비춰"주는 예술적 순간의
도약을 욕망해본다. 그러자 이미 환하게 "내 속에서 불이
켜져 있던 것"들이 "전등과 거울을 태울 듯이" 바라보면서
이제 그녀의 실존을 지배해갈 예술적 시선을 완성해간다.
이때 "너무 오랫동안 달고 다닌 눈"은 시인이 세계와 만나는
창窓으로서의 감각을 비유한다. 결국 권오영은 "끌려가는
어둠"(「투입구」) 한복판에서 "튼튼한 내성"(「나는 벌레가 무
섭다」)을 키우고, "보여지는 것보다 보고 있는 것들 멀어지
고"(「가시거리」) 있는 순간을 점묘點描해간다. 그 순간적 욕
망은 나르시스의 그것으로 나타났다가, 점점 예술적 순간
에 대한 메타적인 것으로 옮겨가는 것이다. 그렇게 권오영
은 그녀만의 심미적 언어 예술을 통해 인간의 근원적 존재
방식을 노래한다.
　서정시의 가장 원초적이고 기본적인 창작 동기는 시인 스

스로 자신의 삶을 돌아보는 성찰의 욕망에 있을 것이다. 이를 두고 회귀적 나르시시즘이라고 불러도 좋을 것이다. 물론 이때 나르시시즘은 자기애自己愛를 동반하면서도 자신에 대한 반성적 성찰을 수행하는 역동적 실천 전체를 아우르는 것이다. 권오영 시편은 이러한 과제를 일종의 그로테스크와 아이러니로 돌파해간다. 일찍이 로티R. Rorty는 "아이러니의 반대는 상식The opposite of irony is common sense"이라고 했거니와 권오영은 이른바 삶의 아이러니를 통해 우리 시단이 안이하게 지탱해온 상식에 도전한다. 하지만 더욱 중요한 것은 그녀가 '재현의 리얼리티'를 부정하지 않는 놀라운 균형을 가지고 있다는 점이다. 그래서 그녀는 세공細工만이 시인의 기능이 아닐 뿐더러, 시가 구체적인 삶의 감각을 탈환하고 회복하기 위해 존재하는 것임을 거듭 증언해간다. 그만큼 그녀는 기억의 잔상殘像을 소박하게 재현하지 않으면서도, 위반과 전복을 전략적으로 구사하지도 않으면서도, 감각의 구체를 통해 삶의 아이러니를 보여주고 그것이 영속하는 과정을 심미화해간다. 경험적 실감과 반성적 사유가 만나는 거점을 그렇게 만들어가는 것이다. 이 점만으로도 권오영은 우리 시대의 유니크한 장인匠人으로 떠오를 것이다.

4.

마지막으로 우리가 주목해야 할 권오영 시의 음역音域은

'시'에 대한 깊은 자의식에 있다. 이러한 메타적이고 회귀적인 언어는 권오영 시학의 저류底流와 같은 것이다. 이번 시집에 담긴 '시'를 향한 그녀의 오롯한 에너지는 다양한 감각적 재현, 시공간의 표현과 탐침 등의 구체적 세목을 풍요롭게 거느린다. 그 가운데 돌올한 것은 시인 자신이 '시'에 대한 자의식을 보여준다는 점인데, 그것은 '시'에 대한 양식 탐구가 아니라 '시'를 통한 존재 증명을 적극 욕망하는 데서 찾아진다. 이렇게 권오영은 자신을 사물 속에서 언어를 발견하고 경험하려는 존재로 전이시키는 상상적 경험을 치러낸다. 언어의 도구적 기능에 대한 활용을 넘어 언어 자체에 대한 메타적 탐색에 공을 들이고 있는 것이다.

보도블록 위
누워 있는 중년 사내를 밟을 뻔했다
밤새 저렇게 누워 있었을 것이다
만들다 만 레고처럼
자동차가 그 옆엔 빌딩이 빌딩 사이엔 작은 길이
길 위에는 세웠다가
쓰러진 레고처럼
그가 누워 있다
밤새 돌고 있던 공기는
알알이 뭉쳐
벌어진 입속으로
벌어진 셔츠 사이로 마침내는

검은 구두 속으로

말이 되어 흘러 다니다 얼어 있다

그의 구두 뒤축을 보면 안다

오랫동안 발이 아프도록 눌러댄

제 말의 무게가

주저앉게 만들고, 무릎 꿇게 만들고, 얼게 만들고

닳아빠진 구두 뒤축도 얼어

깨부수지 않으면 안 될 만큼 얼어

얼음으로 불붙고 있다

벌어진 입을 보면 알 수 있다

연기처럼 풀풀 새어 나오는 그 속

꺼지지 않은 채 남아 있는

얼음의 말들

— 「드라이아이스」 전문

'드라이아이스'에서 환기되는 "말들"은 권오영이 생각하는 시어詩語의 등가적 형식으로 나타난다. 밤새 보도블록 위에 누워 있는 중년 사내, "만들다 만 레고처럼" 그렇게 누운 그의 곁에서 공기는 뭉쳐져 그의 벌어진 입속에서 셔츠 사이에서 구두 속에서 '말'이 되어 얼어 있다. 그의 닳아빠진 구두 뒤축은 "제 말의 무게"를 알게 해주고, "얼음으로 불붙고" 있는 그의 삶을 암시적으로 보여주기도 한다. 그의 벌어진 입에서 새어 나오는 "연기처럼 풀풀 새어 나오는 그 속/ 꺼지지 않은 채 남아 있는/ 얼음의 말들"은, 일차적으로는 드라이아이스의 외관을 묘사한 것이지만, 어쩌면 "도시 한 귀퉁이에/ 쌓기 시작한 녹슨 성"(「고물 집하장」)을 지나 이제 "머뭇거림도 없이 갈라서는 것들"(「오리」)을 반영하고 있는 이 시대의 '시'에 관한 은유로 다가오기도 할 것이다. 이제는 "말들도 사라지고/ 고요만"(「증명사진」) 남을 이 도시의 한켠에서 우리는 이 삽화를 통해 "한동안 고요라는 이명"(「고요라는 이명」)을 들을지도 모를 일이다.

주지하듯, 서정시에 내려진 그동안의 미학적 규정들은 '자기동일성'이나 '회감回感' 혹은 '세계의 자아화' 같은 원리들이었다. 세계와 자아 사이의 간극을 탐색하는 서사와는 달리, '순간적 통합'의 원리가 본령으로 받아들여졌던 것이다. 또한 우리는 경험 세계를 고백하는 것을 서정의 중심적 원리로 다루어오기도 했다. 세계와 갈등을 일으키지 않는 동일성 경험을 중시하면서, 그것을 '충만한 현재형'으로 노래하는 형식으로 서정을 이해해온 것이다. 그런데 권오영은 이러한 서정 범주에 감각의 균열을 통한 확장을 가져옴으로써, 서정시의 활달한 진화 과정을 보여준다. 이 점 또한 권오영의 시적 개성이 발현되는 지점이 아닐 수 없다. 그녀는 「안데르센 나의 안데르센」 같은 작품에서 안데르센 동화에 얽힌 기억들을 변용한 동화적 상상력을 보여주기도 했는데, 이는 일종의 고전 되읽기이자 스스로의 기억에 대한 탐색을 보여주려는 그녀만의 서정 확장 전략일 것이다. 이 모두가 '시'를 향한 그녀의 집념과 의지가 반영된 사례들이다.

한마디 말을 밀어 넣고 너를 반죽한다
질기게 늘어나면서 너는 긴 문장이 된다
너무 빠른 질문, 나는 네게 어떤 존재?
너무 느린 대답, 너는 내게 어떤 존재. 그러면 너는
밑도 끝도 없이 포옹으로 다가선다

어딘가에서 온 그가 반죽을 주무른다
그의 손안에서 나는 옮겨졌다
나는 여러 곳에 있어야 했다
침묵 속에서 한숨 속에서 그의 말과 잠 속에서
변경된 주소 아래 살도록 허락받았다
빵의 나라 빵의 동네 빵의 집 빵의 이름
나를 꺼내가는 그가 나를 굽기 시작했다

살갗 위로 녹아 흐르는 설탕들
구워지며 익어가는 나는 뜯어 먹기 좋은 빵
한 겹씩 벗겨내던 밤의 그가
아침의 나를 꺼내놓고 반죽을 시작한다
질기게 늘어나는 나는 반죽
뒤죽박죽 꼬여 다시 긴 문장이 된다

너무 느린 질문, 너는 내게 어떤 존재?
너무 빠른 대답, 나는 네게 어떤 존재. 그러면 나는
겹겹의 이불로 포개져 밤의 얼굴로 눕는다

밀담을 나누는 밀사들처럼 오랫동안 수군대는 방

숨 막히게 나는 어둠 속으로
걸어 들어가는 법을 익히기 시작했다
해가 걷기 시작했고 그 뒤를 달이 걷기 시작했다
누렇게 뜬 낯빛으로 모여 사는 황인종들의 영토,
그 문장 속을 걸을 때마다
내 뒤에서 나는 잠깐씩 환해진다

—「너무 빠른 질문」전문

　　마지막으로 우리가 읽어볼 이번 시집 표제작은, 권오영 시
학을 선명하게 응집하는 문제작이다. 물론 '질문' 자체가 '시'
의 오롯한 직능이겠지만, '너무 빠른 질문'은 어찌 보면 언제
나 가장 늦게 도착하는 삶의 진실을 에둘러 표현한 아이러
니가 아닐까 한다. "한마디 말"을 넣고서 반죽하는 '너'는 어
느새 긴 문장이 된다. 마치 "한순간이 지나가는 동안이라
고 말하고 싶은 날 많아질 때/ 너무 많은 당신"(「나비공황」)
처럼 말이다. 이제 '나'와 '너'는 "너무 빠른 질문"과 "너무 느
린 대답"을 교차하면서 서로를 포용한다. 그러다가 "어딘가
에서 온 그"가 반죽을 주무르고 '나'는 그의 손안에서 여러
곳으로 옮겨진다. '침묵'과 '한숨'과 '말'과 '잠' 속에서 '그'가
굽는 '나'는 "뒤죽박죽 꼬여 다시 긴 문장"이 된다. 이제 "너
무 느린 질문"과 "너무 빠른 대답"이 다시 전위轉位되어 '나'
는 "어둠 속으로/ 걸어 들어가는 법"을 익혀가는 것이다. 이

때 '나'는 "어느 별의 언어로도 소통 불가능한"(「이상한 책」) 상황에 처해 있지만, 오히려 "문장 속을 걸을 때마다/ 내 뒤에서 나는 잠깐씩 환해"지는 경험을 은은하게 치러간다. 이처럼 권오영은 "흔들림 없이 평정을 이루고 침묵하는 법을 스스로"(「마블링」) 익히면서 "지워진 길 다시 지우는 느린 보폭"(「비 오는데, 타조」)으로 걸어가는 시인이다. 이러한 과정 자체가 '시 쓰기'의 은유적 형상임은 말할 것도 없다.

우리가 지금까지 읽어온 것처럼, 권오영의 첫 시집은 그녀만의 독창적 감각과 사유 그리고 개성적인 화법話法/ 畵法, 시와 삶에 대한 깊은 해석의 세계를 우리 앞에 내놓았다. 물론 권오영 시의 이미지는 정태적이고 고요한 상태를 지향하지 않는다. 오히려 그녀의 시편은 내면 경험의 활력을 언어의 그것으로 치환해내는 격정의 세계를 환기한다. 그리고 다양한 관념과 사물에 고유의 질감을 부여하는 안목과 그것을 언어의 구체적 물질성으로 바꾸어내는 조형 능력을 동시에 보여준다. 그 점에서 우리는 그녀만의 시적 능력을 통해, 사물과 상상력이 만나 빚어내는 역동적 이미지로서의 환상적 창조물을 만나게 된다. 그리고 그 안에서 우리는 '시'를 향한 '다른 목소리'의 진정성을, 섬세한 출렁임으로, 가녀린 흔들림으로, 가장 아프고도 빛나는 순간으로, 목도하는 것이다.

등단 연조에 비해 첫 시집으로서는 늦은 감이 있지만, 권오영은 "너무 빠른 질문"으로 그 '늦음'을 대신하였다. 하지만 한동안 우리 시단은 권오영의 다른 목소리, 다른 어법,

다른 표상들이 지닌 진정성을 깊은 실감으로 바라볼 것이다. 더불어 그렇게 "작아지면서 남아 있는 것들이 아직 빛나고"(「냉장고 속의 눈사람」) 있는 그녀 시편들을 두고, 우리는 오랜 세월의 갈무리를 첫 시집으로 벼려낸 그녀가 심미적 진경을 거듭해가기를, 그리고 다음 시집에서는 더욱 깊은 삶의 심연과 궁극을 삶의 구체성으로 결속해가기를 희원해본다. 그래서 우리로 하여금 사유와 감각의 서늘한 충격을 새롭게 경험하게끔 하는 세계로 나아가기를, 마음 모아, 소망해보는 것이다.